Goldmann Großschrift

Buch

Die vorliegende Sammlung von Anekdoten, Kurzgeschichten und Witzen spiegelt Röslers unverwechselbaren Humor wider. Verhaltene, oft doppelbödige Heiterkeit erwecken beim Leser ein leises Schmunzeln. Die besinnlichen Erzählungen versprechen eine erholsame Lektüre, die unterhält und gleichzeitig nachdenklich stimmt.

Autor

Jo Hanns Rösler wurde am 7. April 1899 in Königstein an der Elbe geboren, besuchte das humanistische Gymnasium in Dresden, um Theologie zu studieren, kam verwundet aus dem Ersten Weltkrieg zurück und begann sofort, seine ersten Beiträge im »Simplicissimus«, der »Jugend«, den »Lustigen Blättern« und im »Berliner Tageblatt« zu veröffentlichen. Er heiratete in jungen Jahren eine Wiener Schauspielerin namens Kitty und lebte mit ihr in Paris, Berlin, Wien und auf der Insel Mallorca, bis er im Jahre 1935 seßhaft wurde und seinen Berghof über Feilnbach erwarb. Sein Theaterstück »Philine« ging über alle Bühnen und wurde zweimal verfilmt. Rösler war einer der beliebtesten Rundfunkautoren. Er starb am 25. September 1966 in München.

Außer dem vorliegenden Band sind von Jo Hanns Rösler
in der Reihe Goldmann Großschrift erschienen:

An meine Mutter (7203)
Wohin sind all die Jahre… (7213)
Die Reise nach Mallorca (7225)
Kitty und Johannes (7227)
Wohin sind all die Tage… (7238)
Wohin sind all die Stunden… (7242)

Außerdem sind als Goldmann-Taschenbücher
in Normalschrift lieferbar:

Wohin sind all die Jahre… (3398)
Wohin sind all die Tage… (3407)
Wohin sind all die Stunden… (3421)
An meine Mutter (3467)
Die Reise nach Mallorca (6551)

Lachen Sie mit Jo Hanns Rösler

GOLDMANN VERLAG

Ungekürzte Ausgabe

Made in Germany · 11/86 · 1. Auflage
Genehmigte Taschenbuchausgabe in Großschrift
Die Originalausgabe
ist im Stieglitz-Verlag E. Händle, Mühlacker, erschienen
Umschlagentwurf: Design Team München
Zeichnungen: Ulrik Schramm, Feldafing
Satz: IBV Satz- und Datentechnik GmbH, Berlin
Druck: Pressedruck Augsburg
Verlagsnummer: 7243
UK/Herstellung: Sebastian Strohmaier
ISBN 3-442-07243-3

Inhalt

Humor kennt keine Grenzen

Der Gastronom. Die Gastronomin.
Schauplatz: Restaurant am Broadway.
Der Gastronom reibt sich die Hände. »Was sagst du, wie der Laden geht?«
»Der beste Laden am Broadway, Eduard!«
»Das macht nur das Schild.«
»Welches Schild, Eduard?«
»Das Schild, das ich über den Eingang gehängt habe: ›Von unseren Fenstern sieht man gut und ungestört Autozusammenstöße jeder Art.‹«

Alle Jahre wieder kommt unsere Tante Ida aus Freiburg zu uns auf Besuch. Dann ist der häusliche Friede restlos dahin. Nicht nur bei uns, Tante Ida mengt sich auch in die Nachbarschaft, quillt von guten Ratschlägen über und tadelt, wo sie morsches Holz der Sitten und Gebräuche findet.
Kürzlich trat mein Nachbar ins Zimmer. Er war ein fleißiger Schreiner, von früh bis abends auf den Beinen und kannte nicht die feinen Gebräuche. Er behielt also, wie er es gewöhnt war, den Hut auf dem Kopf.

Da hätte man aber die Tante sehen sollen! »Hier ist einer im Zimmer«, stieß sie spitz hervor, »der hat anscheinend einen Vogel unter dem Hut!«
Mein Nachbar schaute schief unter seiner Stahlbrille hervor und brummte: »Und eine ist im Zimmer, die hat anscheinend einen Vogel im Kopf!«

München. Staatstheater. Goethes Faust.
Das Gretchen gefiel ungemein.
»Sieh nur, die schönen Zöppe!«
»Kunststück! Goethe!«

Landhaus auf Sizilien.
Der Hausherr. Der Gast. Die Dienerschaft.
Es ist Mitternacht.
Der Hausherr schläft.
Die Dienerschaft schläft.
Der Gast schläft nicht.
Er irrt suchend im Hause umher.
Er findet nicht den gesuchten Ort, das Örtchen.
In letzter Minute entdeckt er eine tiefe Vase.
Die Natur siegt.
Der Gast reist am nächsten Morgen ab.
Eine Depesche reist ihm nach.
Der Text lautet: »Entschuldigung unnötig. Alles verziehen. Haben für Menschliches volles Verständ-

nis. Aber drahtet umgehend, wo? Wir suchen schon seit fünf Tagen!«

Konfusius saß im Wohnzimmer.
Das Mädchen kam gelaufen. »Herr Konfusius! Herr Konfusius!«
»Was gibt es?«
»Ein Einbrecher!«
»Wo ist er?«
»In der Bibliothek!«
»Und was liest er?«

Männer tranken in Chicago bis zum Morgengrauen.
Auch ein Ehemann war darunter, Charly hieß er.
Charly rief: »Noch drei Whisky, Barmann!«
»Was wirst du deiner Frau erzählen, Charly?«
»Meinem Weib?«
»Ja. Wenn du so spät heimkommst?«
»Das werdet ihr gleich erleben, was ich erzählen werde!«
Charly erhob sich.
Charly trat zum Telefon.
Charly telefonierte: »Hallo, Peggy! Hier spricht Charly! Wenn Kidnapper kommen und verlangen für mich Lösegeld, zahle ihnen nichts! Ich bin ihnen soeben entkommen!«

Urias hat seine Uhr ausgelöst. Urias trägt seine Uhr stolz heimwärts.
Kommt Kwell angeschlendert. »Woher des Wegs, Urias?«
»Vom Leihhaus. Habe meine Uhr ausgelöst.«
»Gratuliere!«
»Und wo gehst du hin, Kwell?«
»Zum Leihhaus. Meine Uhr versetzen.«
Urias schweigt betroffen. Denkt nach. Dann sagt er: »Hast recht. Ich gehe mit. Wozu braucht man eine Uhr?«

Der Arzt traf den Schneider.
Der Arzt gab dem Schneider die Hand. »Bei Ihnen alles gesund daheim?«
Der Schneider dankte: »Ja. Und bei Ihnen alle Anzüge gebügelt?«

Standesamt in Glasgow.
Der Standesbeamte. Der Schotte.
»Ich möchte die Geburt eines Sohnes anmelden.«
»Wie heißt er?«
»Mac.«
»Wann wurde er geboren?«
»Gestern.«
»Wo?«

Der Schotte nannte seine Wohnung.
Der Standesbeamte schrieb und schrieb. Endlich war er fertig. »Sie können gehen! Es ist erledigt.«
»Und – und was kostet das?«
»Was?«
»Die Anmeldung!«
»Nichts. Die Eintragung ist umsonst.«
»Auch bei mehreren Kindern?«
»Es ist immer umsonst.«
»Wenn dem so ist – in diesem Fall melde ich auch die Geburt des Zwillingsbruders an.«

Isabella, die höhere Tochter, kam zu spät zur Schule.
Der Professor sah sie forschend an. »Warum haben Sie sich verspätet, Isabella?«
»Eine Wespe hat mich gestochen.«
»Wohin?«
»Das – das kann ich nicht sagen.«
»Gut. Setzen Sie sich.«
Die Siebzehnjährige errötete: »Setzen kann ich mich erst recht nicht.«

Grenzstation auf dem Brenner.
Baptist Xaver trug einen Käfig mit einem Papagei.
Er hatte das gelehrige Tier einem gelehrten Freund zugedacht.
»Der Papagei ist zu verzollen!«
»Was? Wie?«
»Der Papagei ist zu verzollen!«
»Wo steht das?«
»Hier.« Der Zöllner zeigte die Zollvorschrift. »Lebende Papageien kosten Zoll«, las er laut vor, »hingegen sind tote Papageien zollfrei –«
Baptist Xaver schwieg.
Er dachte lange nach.

Unentschlossen betrachtete er den Vogel.
Da aber rief der Papagei hastig und erschrocken: »Keine Dummheiten, Baptist! Los – zahl!«

Man glaube nicht, der Mut stürbe mit den Jahren. Es gibt noch mutige Großväter. Da war doch der alte Großvater des jungen Drogisten Nikoll –
Der junge Drogist trat zu dem alten Drogisten. »Ich bitte um Urlaub, Chef!«
»Urlaub? Wozu?«
»Meine Großmutter ist gestorben.«
»Ihre Großmutter?«
»Ja. Meine Großmutter.«
Der Chef ging hoch. »Herr! Das ist schon die dritte Großmutter, die Ihnen stirbt!«
Der junge Drogist lächelte sanft: »Stimmt! Aber was will man machen? Mein Großvater heiratet immer wieder.«

Dies hatte sich Hans Huschel fest vorgenommen: In diesem Winter würde er schwimmen lernen. Denn Hans Huschel konnte noch nicht schwimmen. Er war zwar trotzdem dreißig Jahre alt geworden, ohne schwimmen zu können, aber als dann die Zeit der fröhlichen Weekendfahrten an Seen und Flüsse kam und Hans Huschel immer wie ein lahmes Landhuhn am Ufer stehen bleiben und auf die Siebensachen aufpassen mußte, während sich die anderen im kühlen Naß vergnügten, wurde es ihm allmählich doch zu dumm, und er beschloß: »Diesen Winter gehe ich in eine Schwimmschule!«

Der Entschluß stand fest. Aber so schnell, wie Hans Huschel sich dies dachte, ging es nun auch wieder nicht. Schnell ging nämlich bei Hans Huschel überhaupt nichts. Schon beim Reden fing es an. Bevor Hans Huschel einen Satz herausbrachte, hatte ein anderer ein ganzes Buch gesprochen. Hans Huschel sprach entsetzlich langsam. Er setzte die Worte bedächtig hintereinander, so als hole er sie weit her und trüge sie weit hin, und wenn ihn keiner störte, lief auch der Satz ohne Stocken zum Ende. Wehe aber, wenn ihn einer unterbrach! Und dreimal wehe, wenn sich Huschel aufregte! Dann bekam er kein Wort mehr heraus! Dann ging es einfach nicht weiter. Nun, deswegen kann man trotzdem schwimmen lernen, und Hans Huschel ging also eines Tages in die Schwimmschule und nahm sich eine Kabine. Zog sich aus und machte sich auf die Suche nach dem Bademeister.

»Verzeihung, wenn ich Sie störe«, sagte Hans Huschel zu einem, der außer der Schwimmhose noch eine Mütze trug. »Wenn mich nicht der Schein trügt, habe ich die Ehre mit dem Schwimmlehrer?»

Es war der Schwimmlehrer. »Was wollen S' denn?« fragte er.
»Ich möchte gern schwimmen lernen, mein Herr.«
»Sofort?«
»Wenn möglich – bitte ja.«
»Alsdann – kommen S' mit!«
Der Schwimmlehrer band Hans Huschel ein Band um den Bauch, knüpfte hinten eine Leine daran und führte Huschel so an das tiefe Becken. »Alsdann – steigen S' eini!«
Und Hans Huschel stieg langsam, Schritt für Schritt, die steile Leiter hinunter. Und das Wasser stieg Hans Huschel langsam bis zum Hals herauf. Da besann sich Hans Huschel eines guten Rates und rief: »Bevor wir mit dem Schwimmen beginnen – bitte – tauchen.«
»Wie?«
»Tauchen!«
»Wie Sie wollen!«
Der Bademeister machte einen kleinen Ruck mit der Leine, und Hans Huschel rutschte von der Leiter ins Tiefe und tauchte unter.
Kaum tauchte er wieder auf, rief er nochmals: »Tauchen! Tauchen!«
»Ganz nach Wunsch!« antwortete der Bademeister und ließ die Leine locker, Hans Huschel sackte ab. Als er wiederkam – »Tauchen! Tauchen! Tauchen!«

Der Schwimmlehrer schüttelte verwundert den Kopf. »Sie sind eine komische Eule! Aber wie Sie wollen!«

Und schon sauste Hans Huschel wieder in die Tiefe. Aber diesmal kam er nicht wieder von selber herauf.

Der Bademeister zog erschrocken die Leine ein. Hans Huschel schnappte ganz erbärmlich nach Luft.

»Das kommt von Ihrem Unverstand!« schimpfte der Bademeister, als Hans Huschel von seinen fünf Sinnen allmählich wieder vier beieinander hatte. »Erst können Sie nicht genug kriegen und schreien immer: ›Tauchen! Tauchen!‹, und jetzt –«

Hans Huschel stöhnte: »Tauchen!«

»Was? Nochmals?«

Da stieß Hans Huschel in letzter Verzweiflung hervor: »Tauchen – Tauchen – Tauchen hat mir der Arzt verboten!«

Der wilde Jäger hatte einen braven Bock geschossen. Er steckte ihm nach Weidmannsbrauch einen frischen Bruch, ein grünes Tannenreis, in den Äser.

Just kam ein Sommerfrischler vorbei. Er sah den Bock, blieb interessiert stehen und fragte: »Nanu? Gerade beim Fressen haben Sie ihn geschossen?«

Nur klein ist die Zahl der Dinge, die ein Mann braucht. Ein Rasierapparat, ein Kamm und eine Zahnbürste – fertig ist der Gentleman! Aber diese drei Dinge müssen in Ordnung sein, ohne sie käme auch ein Schotte nicht aus. Doch dies müßte ein rechter Schotte sein, dem niemals fiel das Sparen ein. Und unweit von Glasgow geschah nun folgende Begebenheit:

An der Ecke der Apple Street, gerade dort, wo sie in den Prince Place einmündet, lag das Geschäft des schottischen Bürstenbinders Brown. Nicht groß war der Laden, ein kleines Schaufenster zeigte ein Musterexemplar aller Bürsten, die man im Laden feilbot. Da gab es grobe, kräftige Scheuerbürsten, zierliche Handbürsten mit langen und kurzen Borsten, Gläserbürsten, Zahnbürsten, Bohnerbürsten, Hutbürsten und Teppichbürsten. Kopfbürsten gab es nicht. Die hatte sich der schottische Bürstenbinder einmal zugelegt. Da man sich in Schottland jedoch das Haar nur mit den eigenen fünf Fingern zurückstreicht, waren sie ihm liegen geblieben, und er war heilfroh gewesen, als ein eitler Ausländer sie ihm abkaufte. Seitdem führte er keine Kopfbürsten mehr, und es war in den letzten zehn Jahren auch keine verlangt worden. Dieser Tage betrat nun ein Schotte den Laden. »Können Sie eine Zahnbürste ausbessern?« fragte er.

»Bitte?«

»Ich möchte fragen, ob Sie bereit wären, eine Zahnbürste auszubessern.«

Der Bürstenbinder sah verwundert auf den Kunden.

»Ausbessern?«

»Ja. Ich habe eine Zahnbürste, der die Borsten zum größten Teil fehlen.«

»Dann kaufen Sie sich doch einfach eine neue Bürste«, meinte der Bürstenbinder und hoffte, das Richtige getroffen zu haben.

Aber er kam an den Falschen.

»Welch pure Verschwendung! Der Stiel ist noch ausgezeichnet.«

»Eine neue Zahnbürste kostet zwanzig Penny.«

»Eben deswegen. Und was kosten neue Borsten?«

»Zehn Penny!«

»Na also!«

Der Kunde stand lange da und dachte nach.

Der Bürstenbinder stand daneben und wartete auf die Bürste. »Haben Sie die Bürste mitgebracht?« fragte er endlich. Der Schotte schüttelte den Kopf.

»Nein, nein. Ich wollte erst einmal nach dem Preis fragen. Jetzt muß ich das Ganze noch mit meinen Kameraden durchsprechen. Das ist nämlich nicht meine Zahnbürste. Das ist die Zahnbürste von unserem Klub.«

Zwei spielen Domino. Im Kaffeehaus.
Plötzlich ruft der eine: »Das ist nicht die Doppelnull, die du da anlegst, Eberhard – das ist ein Stück Würfelzucker. Die Doppelnull hast du vorhin in deinen Kaffee geworfen!«

Otto ging in ein Museum.
Der Kustos erklärte: »Hier sehen Sie die Asche der Königin Kunigunde!«
Otto staunte: »Was? So viel hat die gute Frau in ihrem Leben geraucht?«

Kanzlei in Kalkutta.
Der Geschäftsmann. Der Geschäftsfreund. Die diebische Elster.
Die diebische Elster ist gerade hinausgeflogen.
Der Geschäftsmann rast wütend zum Telefon.
Der Geschäftsfreund meldet sich. »Was gibt es?«
»Sie haben mir Fräulein Flamm empfohlen!«
»Ja. Als tüchtige Sekretärin.«
»Ich danke Ihnen für die Empfehlung!«
»Sind Sie zufrieden mit ihr?«
»Ich habe sie eben hinausgeworfen!«
»Nicht möglich! Warum?«
»Sie hat mir meine goldene Uhr gestohlen!«
Der Geschäftsfreund steht erschüttert. »Was? Ihnen auch?«

Otto kann bei fremden Menschen kein Geld sehen. Wenn ein anderer Geld hat, ist Otto persönlich beleidigt.
Eines Tages traf er Zumpe. »Borg mir hundert Mark, Freund Zumpe!«
»Leider unmöglich.«
»Dir fehlt der gute Wille, Zumpe!«
»Den kannst du auch von mir nicht verlangen, Otto! Solange du noch den kostbaren goldenen Ring mit Brillanten trägst, brauchst du von mir kein Geld. Verkauf ihn doch!«
Otto hielt es mit der Pietät.
»Der Ring ist ein Andenken an meine gute Mutter«, sagte er.
Zumpe nickte: »Und mein Geld ist das Andenken an meinen guten Vater.«

Donald Donald war zur Musterung befohlen.
Am Vortag begegnete er seinem Freund.
»Warum so verzweifelt, Donald?«
»Mein König ruft mich!«
»Zur Musterung?«
»Ja.«
»Angst?«
»Große!«
»Keine Sorge! Ich weiß, wie du freikommst.«
»Wirklich? Wie?«

»Geh zum Zahnarzt und laß dir alle Zähne ziehen!«
»Meine schönen und gesunden Zähne?«
»Dann wirst du frei, Donald!«
Was tut man nicht alles!
Donald tat, wie ihm geraten.
Die Musterung fand statt.
Acht Tage später traf er seinen Freund wieder.
Der Freund frohlockte. »Also frei?«
»Hm.«
»Hast du dir alle Zähne ziehen lassen?«
»Hm.«

»Dann warst du auf der Musterung?«
»Hm.«
»Und warst untauglich?«
»Hm.«
»Wegen der Zähne, nicht wahr?«
Donald Donald schüttelte den Kopf. »Nein. Wegen meiner Plattfüße.«

Anton war in Afrika gewesen.
»Dort war es wohl mächtig heiß, Anton?«
»Mächtig, Minna.«
»Wo lebten Sie?«
»Zehn Kilometer vom Äquator.«
»Nördlich oder südlich, Anton?«
»Nördlich, Minna.«
Meinte Minna: »Na, dann geht's ja noch.«

Aar geht angeln. Nach Ammerland.
»Wo ist denn hier der günstigste Platz zum Angeln?«
»Da vorn am Baum. Mit dem Blick zur Straße.«
»Warum mit dem Blick zur Straße?«
Der Ammerländer antwortet: »Weil Sie da am besten sehen, wenn ein Schutzmann kommt.«

Des Nachbars Kuh kam in des Schotten Garten. Des Schotten Sohn lief aufgeregt zum Vater. »Vater! Eine fremde Kuh ist in unserem Garten!«
Der Schotte sprach: »Sprich nicht so viel! Melke sie!«

Tristan und Isolde

Isolde saß im Theater.
Neben ihr der Herzallerliebste.
Man gab die »Götterdämmerung«.
Siegfried entriß Brünhilde den Ring.
Brünhilde kämpfte verzweifelt.
Da beugte sich Isolde zum Herzallerliebsten und flüsterte: »Siehste – die wehrt sich ooch!«

Tristan schwor ewige Liebe.
Das Mädchen vernahm es geduldig.
Tristan schwor: »Ich rauche nicht – ich trinke nicht – ich spiele nicht – ich wette nicht – ich flirte nicht –«
»Hast du gar keinen Fehler?«
»Doch. Ich lüge.«

Isolde hatte ein Stelldichein.
Isolde kam zu spät.
Der Geliebte fragte: »Ist Ihre Uhr nachgegangen, Isolde?«
Isolde seufzte: »Nein. Mein Vater.«

Isolde schritt an der Seite des geliebten Mannes. Da beugte sich der Mann zu ihr. Küßte sie mitten auf den Mund.
»O Isolde!«
»Was fällt Ihnen ein?«
»Ich liebe Sie!«
»Seit wann?«
»Seit vielen Monaten!«
Isolde seufzte: »Mein Hermann! Wieviel Zeit haben wir da versäumt!«

Der Frühling kam mit Brausen.
Man strich allerorten die Gartenbänke.
Auch im Stadtpark von Parkstadt.
Am Morgen kam Tristan. Traurig sah er auf eine Bank. »O Meister!«
»Was wollen S'?« fragte der Maler.
»O Meister! Wird die Bank bis heute abend trocken sein?«
»Warum?«
Tristan, selig: »Ich habe heute hier mein erstes Stelldichein!«

Tristan saß neben dem Mädchen.
Tristan schwieg.
Das Mädchen ermunterte ihn. »Warum reden Sie nichts, Tristan?«
»Wahre Liebe ist stumm.«
»O nein – sie spricht mit Mama!«

Tristan saß mit seinem Mädchen immer noch auf der Bank. Da sang sie schöne Lieder.
Jetzt wurde Tristan warm. Er schlang die Arme um sie:
»Willst du meine süße kleine Frau werden?«
»Ja! Ja! Ja!«
Tristan schwieg.
Er schwieg lange.
Das Mädchen schaute. »Warum sagst du nichts, Liebster?«
Er stotterte: »Ich glaube, ich habe schon zu viel gesagt!«

Ich hielt mir ein Aquarium.
Ein Hobby muß der Mensch haben.
Wenn Besuch kommt, füttere ich.
Isolde sah aufmerksam zu. »Was geben Sie da hinein, Johannes?«
»Das sind Wasserflöhe, Isolde!«

»Wasserflöhe?«
»Ja. Wasserflöhe.«
Isolde wich entsetzt zurück. »Rühren Sie mich nicht an!« schrie sie.
»Was haben Sie denn?« fragte ich verwundert.
»Sie sind ein Tierschinder! Ein Tierquäler!«
»Ich?«
»Ja!«
»Warum denn?«
»Sie geben Flöhe ins Wasser!«
»Und?«
»Der arme Goldfisch! Er kann sich doch nicht kratzen!«

Isolde saß in der Eisenbahn.
Da stieg ein Herr ein.
Der Herr schmachtete Isolde an. Stundenlang.
Isolde lächelte.
Der Herr lächelte ängstlich zurück.
Isolde sagte: »Schönes Wetter heute!«
Der Herr sagte: »Ja.«
Da gab es Isolde auf. Endgültig.
In Frankfurt stieg sie aus.
Da seufzte der Herr: »Es wär' so schön gewesen – es hat nicht sollen sein!«
Isolde drehte sich um und sagte: »Es hätt' schon können sein, Sie Esel!«

Isolde stand neben den Schwänen.
Ein junger Mann schwänzelte um sie herum.
Er traute sich nicht.
Oder traute er sich doch?
Tatsächlich, er traute sich!
»Mein Fäulein?«
»Bitte?«
»Ich glaube, ich hatte schon einmal das Vergnügen.«
»Bedaure.«
»Doch, doch.«
»Wann?«
»Sie sahen mich an, als Sie vorhin vor dem Affenkäfig standen.«
Isolde entsann sich: »Ja richtig! Jetzt erkenne ich Sie wieder! Aber sagen Sie, wie sind Sie denn aus dem Käfig herausgekommen?«

Gut gelebt ist halb gewonnen

Kaffeehäuser haben oft die nette Eigenschaft, wahre Goldgruben zu sein. Aber so gut, wie heute das Kaffee Kindermann ging, so voll, wie heute das Kaffee Kindermann war, und so viel, wie heute im Kaffee Kindermann verzehrt wurde, das war noch nicht da gewesen. Dabei war es nur ein gewöhnlicher Wochentag, ein Dienstag, erst nachmittags drei Uhr, aber schon war kein Tisch mehr frei, kein Stuhl mehr zu haben. Und niemand begnügte sich mit einer Tasse Kaffee und einem Hörnchen, wie das sonst so üblich ist, nein, alle bestellten einen Mokka Double und ein Stück von der teuren Pfirsichtorte.

Pfirsichtorte geht sonst ganz selten. Das Stück kostet eine Mark fünfzig. Wenn ein Gast Pfirsichtorte bestellt, klingelt das Fräulein am Büfett, und der alte Kindermann kommt persönlich aus seinem Kontor und schlendert grüßend am Tisch des Nobelgastes vorbei. Heute aber ging Pfirsichtorte wie warme Semmeln. Jeder Gast aß Pfirsichtorte.

»Drei Mokka – drei Pfirsichtorten!«

»Zwei Mokka – zwei Pfirsichtorten!«

»Vier Mokka – sechs Pfirsichtorten!«

Die Kellner standen am Büfett. Das Kuchenfräulein kam nicht nach.
An der Kasse lehnte der Kaffeesieder und schmunzelte. »Wieviel Torten haben wir heute verkauft?«
»Vierundachtzig.«
»Donnerwetter!«
»Ja«, nickte das Büfettfräulein, »ich staune!«
Der Kaffeesieder staunte auch. »Was für ein Publikum?« fragte er.
»Hauptsächlich Damen.«
»Damen?«
»Nun ja – ein wenig eigenartig zwar, ein wenig ältlich zwar – und immer eine allein und wieder eine allein – aber doch Damen.«
Die Damen saßen unterdessen im Kaffee und aßen Pfirsichtorte. Sie aßen sie nicht sonderlich begeistert, sie stopften sie nicht vernascht in sich hinein, im Gegenteil, sie griffen zum Löffel, als wollten sie einer Verlegenheit Herr werden. Aber da anscheinend die Verlegenheit sehr groß war, nahmen sie öfter einen Bissen, als es in ihrer Absicht lag. Und wenn auch der Bissen nur sehr klein war, es ließ sich doch nicht vermeiden, daß plötzlich das Stück Torte zu Ende und der Teller leer war. Kaum aber war das geschehen, wurde die Dame nervös und rief in großer Hast den Kellner, ihr sofort ein neues Stück Pfirsichtorte zu bringen. »Mir noch eine Torte, Ober!«
»Mir auch. Aber schnell!«

»Wenn man alles genau berechnet und die Unkosten abzieht«, sagte am Abend der Kaffeesieder zu seiner Frau, »war es doch ein Bombengeschäft. Das macht nur das Inserat!«

»Du hast inseriert? Wo?«

»Im Generalanzeiger.«

»Ich habe kein Inserat gelesen«, sagte die Frau.

Der Kaffeesieder nickte: »Es stand auch nicht unter Gaststätten. Es stand unter Heiratsannoncen: ›Schwerreicher Industrieller, schlanke, große Erscheinung, vierzig Jahre, Sportsmann, sucht auf diesem Wege vermögenloses Mädchen, nicht unter dreiunddreißig Jahren, zwecks sofortiger Eheschließung kennenzulernen.‹ «

»Das hast du inseriert? Narr! Du bist doch verheiratet!«

»Das Inserat geht weiter.«

»Wie?«

Der Kaffeesieder schmunzelte: »›Treffpunkt Dienstagnachmittag Kaffee Kindermann gegenüber dem Standesamt. Kennzeichen: Die Dame wolle einen Mokka trinken und ein Stück Pfirsichtorte verzehren.‹ «

Es hatte geklopft.

Ein Biedermann trat ins Zimmer.

Man sah ihm an, daß er ein Biedermann war.

»Habe ich den Vorzug mit Fräulein Grauert?« fragte er.
Das ältere Fräulein sah verwundert von den weißen Strümpfen auf, die sie als Entwicklungshilfe für die schwarzen Neger strickte. »Sie kennen mich?«
»Wer kennt Sie nicht, Fräulein Grauert?« erwiderte der Biedermann. »Die ganze Stadt spricht von Ihren guten Werken! Wieviel Tränen haben Sie schon getrocknet, wieviel Leid gemildert, wieviel Not gelindert! Deswegen komme ich heute zu Ihnen –«
Fräulein Grauert setzte sich erstaunt zurecht. Sie musterte den gutangezogenen Mann vor sich. Er war rund, prall, das gute Leben platzte fast durch die Nähte seines Anzugs.
»Sie?« fragte sie verwundert.
»Ich komme nicht für mich!« sagte der Biedermann schnell. »Aber da lebt unweit von Ihnen in einer erbärmlichen kümmerlichen Dachkammer – der Regen rinnt durch das Dach herein, der Wind bläst durch die Fenster, die Wasserleitung tropft, und der Ofen raucht – ein altes Ehepaar. Kinder sind keine da. Und Verwandte? Mein Gott, Sie wissen ja selbst, wie Verwandte sind!« Die Rührung verschlug ihm die Stimme. Er rieb sich verstohlen eine Träne aus dem Auge. »Die armen alten Leute tun mir ja so leid!« seufzte er. »Und was das Schlimmste ist: Seit acht Wochen haben die armen alten Leute ihre Miete nicht mehr bezahlen können.

Jetzt wird sie der Hausherr auf die Straße setzen müssen, ja, ja –«
Fräulein Grauert faltete entsetzt die guten Hände.
»Wie unsozial! Hat denn der Mann kein Herz?«
Der Biedermann rückte diskret einen Schritt näher.
»Auch ein Hausherr ist heute nicht auf Rosen gebettet, denken Sie nur an den schwarzen, grauen, weißen Kreis«, sagte er, »alles wird teurer. Er muß von den Mieten seine Steuern bezahlen, die Treppenbeleuchtung, die Müllabfuhr, das Wassergeld, er muß an den Umweltschutz und seine finanziellen Belastungen denken, ganz abgesehen von den Reparaturen und sonstigen Ausgaben, mit denen ein Hausherr heute belastet ist. Nein, dem Hausherrn kann man bestimmt keinen Vorwurf machen. Aber woher sollen die beiden armen alten Leute die neunzig Mark nehmen, die sie schuldig sind? Da muß etwas geschehen, habe ich mir gesagt. In unserer Stadt leben edle Menschen, Menschen mit einem guten Herzen, habe ich mir gesagt, zu denen werde ich gehen. Vielleicht gibt jeder eine Kleinigkeit, damit wir die Miete für die armen alten Leute zusammenbekommen und sie wohnen bleiben können. Fünfzig Mark habe ich jetzt schon beisammen, es fehlen mir nur noch vierzig Mark – wenn ich an Ihr gutes Herz appellieren darf, Fräulein Grauert?«
Fräulein Grauert zückte ihre kleine gestickte Börse.
»Sie sind ein guter Mensch, Herr –«

»Klagemann, Kurt Klagemann, mein Name.«
»Sie sind ein guter Mensch, Herr Klagemann. Hier sind die vierzig Mark.«
»Ich danke Ihnen! Ich danke Ihnen herzlich im Namen der beiden alten armen Leute, die jetzt wohnen bleiben können.«
»Wie haben Sie denn von der Not der beiden Alten erfahren? Sind Sie mit ihnen befreundet?«
»Befreundet? Nein, das kann man nicht sagen.«
»Oder vielleicht der Wohnungsinhaber?«
»Nein. Auch nicht.«
»Ja, wer sind Sie denn dann?«
Der Biedermann strahlte: »Ich bin der Hausherr.«

Ein Mann aus Brooklyn besaß einen Brillanten. Er wollte ihn einem Mann auf Long Island verkaufen. Der Stein war unter Brüdern –
»Lieber Geschäftsfreund!« schrieb der Mann aus Brooklyn an den Mann auf Long Island. »Der Stein ist gut dreißigtausend wert. Aber ich habe ihn als Gelegenheitskauf an der Hand. Ich biete ihn Dir für bare zwanzigtausend an. Nur eine Bedingung: An dem Preis ist nicht mehr zu feilschen. Nimm den Stein unter die Lupe. Gefällt er Dir zu diesem Preis, behalte ihn. Sonst sende ihn sofort zurück. Dein alter Geschäftsfreund aus Brooklyn.«
Der Mann auf Long Island nahm den Stein unter die

Lupe. Der Stein war herrlich. Der Preis war gerecht.
Trotzdem –
Ein Versuch bleibt ein Versuch.
Er schrieb zurück: »Lieber Geschäftsfreund! Neunzehntausend zahle ich. Mehr ist der Stein nicht wert. Erwarte Deine Nachricht. Dein alter Geschäftsfreund auf Long Island.«
Die Nachricht kam. Sie war kurz und knapp. Sie lautete: »Sende den Stein umgehend zurück!«
Da setzte sich der Mann auf Long Island hin, machte das Paket zurecht, verschnürte, versiegelte und versicherte es und sandte es nach Brooklyn zurück.
Zuvor aber schrieb er einen Eilbrief: »Lieber Geschäftsfreund! Morgen sende ich Dir den Stein zurück. Ich kann beim besten Willen nicht mehr als neunzehntausend dafür anlegen. Überleg es Dir nochmals! Es ist mein letztes Wort: neunzehntausend. Ich überlasse Dir die Entscheidung, ob Du mir zu diesem Preis den Stein verkaufen willst oder nicht. Kannst Du Dich dazu entschließen, so verweigere die Annahme des Paketes und lasse es an mich zurückgehen. Bestehst Du aber auf den zwanzigtausend, so nimm das Paket an. Dein alter Geschäftsfreund auf Long Island.«
Der Mann aus Brooklyn konnte sich nicht entschließen. Er nahm das Paket an. Er löste die Siegel und Schnüre. Er wickelte ein Papier nach dem an-

dern auseinander. Der Stein war nicht im Paket. Endlich, ganz unten, kam ein Zettel zum Vorschein. Darauf stand geschrieben: »Also gut – ich nehme ihn für zwanzigtausend! Dein alter Geschäftsfreund auf Long Island.«

Julius Mat hat ein großes Rittergut geerbt.
Den Erben interessiert nicht das Gut.
Ihn interessiert nur die Rente.
Täglich läßt er sich das Geld vom Verwalter schikken.
Das geht eine Weile. Dann geht es nicht mehr.
Julius Mat depeschiert: »Sendet dringend Geld!«
Der Verwalter schickt Geld. Er schreibt dazu: »Ließ den ganzen Wald abholzen, um den Betrag aufzutreiben. Der Verwalter.«
Julius Mat freut sich der gewaltigen Summe.
Einen Monat später ist auch das Geld weg.
Und hurtig drahtet er an daheim: »Sofort den ganzen Wald nochmals abholzen lassen. Der Erbe.«

Der Wettermacher saß auf der Wetterinsel.
Er saß betrübt.
»Was hast du, Wettermacher?«
»Ich muß die Wetteraussichten für morgen machen!«

»Mach sie doch!«
»Ich kann nicht.«
»Warum nicht?«
»Die Katze hat den Laubfrosch gefressen.«

Der Kassierer saß im Café.
»Nanu, Timm? Nicht im Geschäft?«
»Mein Chef macht mich nervös.«
»Wieso?«
»Er behauptet immer, ich bestehle ihn!«
»Das muß er dir doch erst beweisen?«
Der Kassierer knurrte: »Das hat er eben!«

Unweit der Berliner Straße ereignete sich heute ein interessantes Zusammentreffen. Der bekannte Führer der Antialkoholbewegung wurde von einem Herrn angesprochen, der sich ihm als alter Bekannter vorstellte. Der berühmte Alkoholgegner konnte sich nicht entsinnen.
»Ich war in Hannover bei Ihrem letzten Kongreß«, sagte der Fremde. »Sie zeigten damals ein Bild, vielmehr zwei Bilder. Das eine stellte die Familie eines Trinkers dar, die Frau elend und krank, die Kinder verwahrlost und verkommen, bitteres Elend herrschte. Das andere Bild zeigte die Nutznießer des Alkohols, einen Gastwirt, dick und gesund, die Frau

in Samt und Seide gekleidet, die Kinder wohlgenährt und mit neuen Fahrrädern. Die Bilder haben mich damals aufgerüttelt. Und deswegen wollte ich Ihnen danken.«

»Aha! Sie sind also auch Antialkoholiker geworden?«

Der Fremde schüttelte den Kopf: »Nein, Gastwirt.«

Die Wahrsagerin. Der Neugierige. Der Kaffeesatz.

Der Kaffeesatz verkündet die Zukunft.

Die Wahrsagerin lebt davon.

Der Neugierige stand vor einem Rätsel. »Sie leben davon?«

»Blendend!«

»Obwohl Sie kein Geld nehmen?«

»Richtig.«

»Wie machen Sie das?«

»Ich verkünde allen, daß sie nicht mehr lange leben werden.«

»Und?«

»Nebenan wohnt ein Lebensversicherungsagent. Er teilt mit mir die Provision.«

Bayerische Gespräche

Der Feichtenbauer ging nach dem Sonntagsgottesdienst in die Sakristei und wollte für seinen verstorbenen Vater ein Jahresamt lesen lassen.
»Was tat denn dös nachher kostn, Hochwürden?«
Der Pfarrer verlangte neun Mark.
Langsam klaubte der Feichtenbauer aus seiner Börse zwei funkelnagelneue Fünfmarkstücke heraus, legte sie auf den Tisch und wandte sich zum Gehen.
»Kriegst noch a Mark raus, Feichtenbauer«, sagte der Pfarrer.
»Da betst halt no an Rosenkranz dafür.«
Der Pfarrer sagte sanft: »Dafür langt's net ganz, da mußt noch fünfzig Pfennig zulegen, Feichtenbauer.«
Jetzt drehte sich der Bauer wütend um und rief: »Na betst halt so weit, wie's für a Markl langt!«

Der Dinzinger-Wastl war zur Bundeswehr nach München eingezogen. Eines Tages erschien er bei seinem Hauptmann:
»Ich möchte Sie um acht Tage Urlaub bitten –«

»Gleich acht Tage, Dinzinger?«
»Die Marie, meine Schwester, heiratet.«
»Eine Hochzeit dauert doch nicht acht Tage?«
»Sell wohl net, Herr Hauptmann. Aber die Kindstauf hätt' i aa gern mitgmacht...«

Wenn das gebratene Hendl wirklich schmecken soll, muß man es mit der Gottesgabel verzehren, mit den eigenen fünf Fingern. In Oberbayern kennt man die gute Sitte und schiebt verächtlich Messer und Gabel hinter den Maßkrug. Unser Hamburger Besuch war darüber höchst entsetzt.

»Aber, lieber Herr«, sagte die Hamburger Dame kopfschüttelnd zu mir, »bei uns in Hamburg nimmt man in die linke Hand die Gabel und in die rechte Hand das Messer –«
»Ja freilich!« brummte ich. »Und womit nimmt man dann das Hendl?«

Der Hauptlehrer vom Samerberg rief einen Jungen auf. »Taubenberger!« rief er.
Der Junge rührte sich nicht.
»Taubenberger! Steh auf!«
Der Junge schaute in die Luft.
Der Lehrer ging auf ihn zu. »Dich mein' ich, Taubenberger!«
»I hoaß net Taubenberger, Herr Lehrer!«
»Was? Du heißt nicht Taubenberger?«
»Naa! I heiß' Brunner.«
»Seit wann denn?«
Der Junge stolz: »Seit gestern. Mir ham gheirat!«

Die Zenz vom Windeckerbauern ging beichten.
»Hast aa a Todsünden begangen, Zenz?« fragte der Pfarrer.
»A wengerl schon, Hochwürden.«
»Hast vielleicht an Schatz?«
»Freili hab' i oan, Hochwürden.«

»Und kommt er nachts gar zum Kammerfensterln?«
»Freili kimmt er, Hochwürden.«
»Und hast vielleicht gar's Fensterl aufgmacht?«
»Freili hab' i dös, Hochwürden.«
»Und is er gar einigstiegn, der Bua?«
»Freili is er dös, Hochwürden.« Zenz schwieg lange. Dann sagte sie: »Ja, was machetst nachher du, Hochwürden?«

Wenn auf dem Samerberg eine Hochzeit gefeiert wird, spielt die Samerberger Blasmusik auf. Da spielt der Dorfschmied die erste Geige, der Glaser das Cello, der Schneider die Posaune, und der Barbier ist der Dirigent.
Als sie jüngst bei einem Ständchen aus dem Takt kamen und der Dirigent den Posaunisten wegen eines Fehlers zusammenschimpfte, verteidigte sich der tapfere Musikus: »Du hast ja so dirigiert, Bader!«
»Was schaust denn her, Luder, dumms!«

Herzliche Grüße aus Kalau!

»Warum nennen Sie Ihre Villa Wartburg?«
»Ich habe sieben unverheiratete Töchter.«

»Anneliese scheint unter dem Krebs geboren zu sein.«
»Warum?«
»Alle ihre Verlobungen gehen zurück.«

»Was bedeutet das Beiwort hilf?«
»Wer sagt das?«
»Goethe.«
»Goethe?«
»Ja. Edel sei der Mensch, hilf, reich und gut.«

Noah saß in der Arche und angelte.
Nach fünf Minuten kam er zurück in die Kabine.
»Schon zurück, Noah?«
»Ich hatte nur zwei Würmer!«

»Wann kann man denn Ihre Zwillinge einmal sehen?«
Der Ehemann stöhnte: »Kommen Sie nachts zwischen drei und vier – da sind sie am lebhaftesten.«

»Ich möchte einen Kopfkissenbezug.«
»Welche Größe?«
»Hutnummer 58.«

»Nehmen Sie den Verlobungsring zurück?«
»Paßt er Ihrer Braut nicht?«
»Er schon. Aber ich nicht.«

Beate bekam ein Barometer.
Beate beguckte es lange.
»Und wo dreht man, wenn man schönes Wetter haben will?«

Man sprach über die Olympiade.
»Der Japaner ist erst eine Strecke von achthundert Metern gelaufen und dann noch über einen sechs Meter breiten Graben gesprungen.«
»Kunststück! Bei dem Anlauf!«

Im Büro war Krach.
»Wer schreit so?«
»Mein stiller Teilhaber!«

»Kannst du dir denken, was der dicke Fischhändler wiegt?«
»Nein. Was?«
»Fische.«

»Meine Frau schwärmt sehr für Rohkost.«
»Meine Frau kocht auch nicht gern.«

»Wie kommen Sie mit Ihrem Gehalt aus?«
»Mit dem Gehalt ausgezeichnet. Nur nicht mit dem Monat. Am Schluß sind immer ein paar Tage übrig.«

Das Schnitzel kam.
»Was wünschen der Herr zum Schnitzel dazu?« fragte der Wirt.
Der enttäuschte Gast: »Noch ein Schnitzel!«

»Ich möchte wissen, warum ihr Ehemänner so viel lügt!«
»Ganz einfach: weil ihr Ehefrauen so viel fragt.«

»Sie waren in Grönland?«
»Ja. Ich habe Handel mit Eskimos getrieben.«
»Und? Sind Sie welche losgeworden?«

Franzl macht eine Mittelmeerreise.
Hinter Capri fällt er ins Wasser. Ein Riesenhai ist hinter ihm her. In letzter Minute springt Mucki ihm nach und stößt dem Hai ein langes Messer in den Leib.
»Seitdem habe ich kein Wort mehr mit Mucki gesprochen«, erzählt Franzl.
»Warum denn? Er hat dir doch das Leben gerettet?«
Franzl nickt: »Das schon! Aber mit so einem Menschen kann man doch nicht verkehren. Ich bitte dich – Fisch mit dem Messer!«

Urgroßvater ist hundert Jahre alt geworden.
»Was habt ihr ihm zum Geburtstag geschenkt?«
»Den neuen Bestseller: ›Tausend Wege, ein erfolgreicher Verführer zu werden.‹«

Franzl möchte die Telefonnummer einer Dame wissen.
»Bitt schön, Rudi, weißt du noch ihre Telefonnummer?«
»Leider nicht.«
»Wenigstens ungefähr – ungefähr?«

»Ich wünsche mir einen Klavierauszug.«
»Einer Wagner-Oper?«
»Nein. Den Auszug des Klaviers über mir.«

Walli hat sich fotografieren lassen.
»Ist das Bild ähnlich geworden?«
»Sicher. Sonst würde sie es uns zeigen.«

Franzl besucht die Passionsspiele.
In der Pause trifft er Bobby.
»Feine Sache, Franzl, was?«
Franzl nickt: »Höchst interessant! Ich bin sehr neugierig, wie das noch ausgehen wird!«

Franzl kann die Zahl hundert nicht aussprechen.
Der Sprachlehrer rät: »Sprechen Sie ganz langsam das Wort hundert.«

»Ja.«
»Vielleicht erst einmal in zwei Hälften?«
Sagt Franzl: »Fünfzig – fünfzig.«

Franzl geht in ein Geschäft. »Ich möchte ein Paar Unterhosen«, sagt er.
»Lange?«
Franzl schaut! »Was heißt lange? Ich will sie doch kaufen, nicht mieten –«

»Mein Mann lernt jetzt Latein.«
»Warum?«
»Er will Jäger werden.«

Franzl kauft eine Mausefalle. Am nächsten Tag kauft er wieder eine.
»Wozu, Franzl? Du hast doch erst gestern eine gekauft?«
Franzl nickt: »Was sagst du dazu? Da ist schon eine Maus darin!«

Ich war bei einem Kammermusikabend. Jan Dahmen spielte. Das Violinkonzert von Brahms war verklungen. Andächtige Stille.

Da hörte ich hinter mir eine ergriffene Frauenstimme: »Unglaublich, Oswin, was für Töne so ein einfacher Darm hervorzaubern kann!«

Franzl geht zu Besuch. Dort schreit ein Kind.
»Was hat denn das Kinderl?«
»Es bekommt Zähne«, meint die Mutter.
Sagt Franzl: »Ja, will's denn keine?«

Franzl fährt in die Schweiz. Am Vierwaldstättersee macht er Rast.
Der Hotelier erklärt ihm die Berge: »Der Berg da drüben ist der Pilatus, und neben ihm –«
Franzl unterbricht: »Weiß schon, weiß schon – der andere ist der Pontius –«

»Was beginnen Sie zu Silvester?«
»Das neue Jahr.«

Herr Fröhlich war traurig.
»Warum so traurig, Fröhlich?«
»Mein Hund ist mir entlaufen.«
»Inserieren Sie doch!«
»Dummer Rat! Kann ein Hund lesen?«

Man spielt Spiele. Es gewinnt, wer das dümmste Gesicht machen kann.
Alle rufen: »Franzl, hast gewonnen!«
Brummt Franzl: »Mich laßt in Ruhe! Ich habe doch gar nicht mitgespielt!«

Anton angelt.
Einer fragt: »Beißen die Fische?«
»Warum? Haben Sie Angst?«

«Warum hast du so viel Geld ausgegeben, Hedwig?«
»Ich habe einen billigen Laden entdeckt, Kurt.«

Handel und Wandel

»Die Sitzung ist eröffnet!«
Der Richter setzte sein Barett auf. »In Sachen C. C. W. Brown!« verkündete er.
Der Gerichtsdiener ging zur Tür. »In Sachen C. C. W. Brown!« rief er.
»Hier hängt er!«
»Wer?«
»Mein werter Name C. C. W. Brown.«
Ein kleiner rundlicher Herr hatte sich am Gerichtsdiener vorbei durch die Tür gedrängt. Sein Anzug schien vom ersten Schneider, wenn er nicht in den Farben zu betont gewesen wäre. Über sein breites Gesicht lief dauernd ein vergnügtes Lächeln, das durch zwei runde lustige Augen unterstrichen wurde.
Er verneigte sich dreimal. Einmal gegen den Gerichtsdiener, ein zweitesmal besonders höflich gegen die wegen des Regenwetters überfüllte Zuschauertribüne und ein drittesmal gegen den Richter. »Ich habe die Ehre!« sagte er.
Der Richter nahm keine Notiz davon. »Ihr Name?«
»Caesar Carolus William Brown.«
»Beruf?«

»Fabrikant.«
»Sie sind der Hersteller der C.-C.-W.-Brown-Seifen?«
»Jawohl, hohes Gericht. C. C. W. Browns Seifen sind die besten! Leicht schäumend, sparsam im Gebrauch.«
Der Richter öffnete die Akten.
»Sie sind angeklagt«, begann er, »am Abend des achten August auf dem Washingtonplatz das dort stehende Denkmal von George Washington beschädigt zu haben.«
»Beschädigt? Wieso beschädigt? Beklebt habe ich es.«
»Sie geben es also zu?«
»Bekleben ist nicht beschädigen!«
»Sie haben somit«, fuhr der Richter fort, »das Nationalgefühl der Amerikaner beleidigt. Sie haben ferner durch große, auffallende Zettel –«
»Plakate, verehrtes Gericht, hochkünstlerische Plakate.«
»– durch große, auffallende Zettel eine Zusammenrottung von Menschen herbeigeführt, die erst durch die Polizei zerstreut werden mußte. Auf den Zetteln stand: ›C. C. W. Browns Seifen sind die besten! Leicht schäumend! Sparsam im Gebrauch!‹ Geben Sie das zu?«
»Wie bitte? Was stand darauf?«
»›C. C. W. Browns Seifen sind die besten.‹«, wieder-

holte der Richter, »›leicht schäumend, sparsam im Gebrauch.‹«

»Ich verstehe nicht. Sie sprechen zu leise.«

»Ich rede laut genug!« schrie der Richter jetzt in den Saal. »›C. C. W. Browns Seifen sind die besten! Leicht schäumend! Sparsam im Gebrauch!‹«

»Ich höre kein Wort.«

Der Richter wurde immer nervöser.

»Sind Sie taub? Ich wiederhole nochmals langsam, laut und deutlich: ›C. C. W. Browns Seifen – sind die besten – leicht schäumend – sparsam – im Gebrauch.‹«

Der Angeklagte zuckte die Schultern. »Kein Wort!«

Der Richter wandte sich an den Gerichtsdiener. »Haben Sie mich verstanden?«

»Zu Befehl! Jedes Wort!«

»Vielleicht ist er besonders hellhörig«, meinte demütig der Angeklagte, »fragen Sie doch bitte einmal die Zuhörer, ob es alle verstanden haben?«

Ein unruhiges Lachen lief über die Tribüne.

»Es ist zwar gegen die Gewohnheiten des Gerichtes«, sagte der Richter, »aber ich will Ihnen den Wunsch erfüllen. Ich wende mich also jetzt an die Tribüne und frage: Haben Sie gehört, daß ich gesagt habe: ›C. C. W. Browns Seifen sind die besten! Leicht schäumend! Sparsam im Gebrauch!‹? Haben Sie das gehört und verstanden?«

»Ja. Ja. Alle«, riefen die Zuhörer fröhlich.
Da verbeugte sich der kleine, rundliche Seifenfabrikant höflich gegen den Richter und gegen die Tribüne und rief: »Das wollte ich nur wissen! Dann kauft sie auch!«

Vertreter unter sich

Früher lebte ein Vertreter vom Mundwerk. Je flotter er die Lippen zu bewegen verstand, desto höher war sein Umsatz. »Vertreter bei hohem Verdienst gesucht!« stand in den Zeitungen. »Bei wenig Arbeit ein reicher Mann!«

Ein reicher Mann möchte jeder werden. Viele meldeten sich. Aber nur wenige wurden auserwählt.

Drei Auserwählte trafen sich in der Dorfschänke.

»Die Kunst des Überzeugens will gelernt sein«, erzählte der erste. »Ich habe heute einem Bergbauern in fünfzehnhundert Metern Höhe einen elektrischen Kühlschrank, eine Kühltruhe, einen elektrischen Herd und eine elektrische Alarmanlage verkauft, dessen Hof überhaupt nicht an das elektrische Netz in zehn Kilometern Entfernung angeschlossen ist.«

»Kompliment!« sagte der zweite. »Mein tollstes Verkaufsstück heute war, einem Mann eine vollautomatische Melkanlage zu verkaufen, die in drei Minuten zwanzig Kühe voll ausmelkt, und der Mann besaß nur eine einzige Ziege.«

Man schaute auf den dritten, was dieser zu berichten hatte.

»Ich verkaufe Kuckucksuhren«, sagte er.
»Kleine Fische! Das ist kein Geschäft!«
»Dabei läuft man sich mehr Schuhsohlen ab!« sagte der zweite.
Der dritte antwortete: »Mitunter. Mitunter nicht. Ich fand heute einen, der mir eine Kuckucksuhr abkaufte und zugleich zwei Waggons Vogelfutter für den Kuckuck dazu...«

Heute liest es sich so:
»Auch Sie können es, Sie müssen es nur versuchen.
Viel Geld verdienen auch Sie, wenn Sie jung sind (Altersangabe) und Lust zum Reisen in einem modernen Team haben. PKW und Unterkunft vorhanden. Führerschein kann gemacht werden. Urlaubs- und Weihnachtsgeld. Finanzielle Starthilfe wird zugesichert.«
Oder:
»Ein Job für clevere junge Leute. Als Deutschlands bekanntestes...«

Heiraten ist immer ein Risiko

Die Pforte am Himmelszelt.
Ein kleiner Schutzengel wartet und wartet.
Da naht ein neuer Seliger.
Der kleine Schutzengel läuft sofort auf ihn zu: »Hugo! Hugo!«
»Ja?«
»Da bin ich!«
»Wer bist du?«
»Erkennst du mich nicht?«
»Nein.«
»Ich war doch dein Schutzengel auf Erden!«
»Mein Schutzengel?«
»Ja.«
»Sag mal, Schutzengel – wo warst du am achten März vor dreiundvierzig Jahren, als ich meine Frau kennenlernte?«

Schlaps sucht seinen Schlips. »Hast du ihn nicht gesehen, Frau?«
Die Frau nickt muffig: »Doch!«
»Wann?«
»Vor vier Wochen.«

»Wo war er?«
»Unter deinem Bett.«
»Und wo ist er jetzt?«
Die Frau macht komische Augen: »Wenn er nicht allein in den Schrank gehüpft ist, immer noch dort!«

Wir leben im Zeitalter des Sportes.
»Was ist für Ehemänner der volkstümlichste Wintersport?«
»Skilaufen?«
»Nein. Fasching feiern.«

Pauline erwischte das Mädchen beim Rumstänkern in Privatbriefen. »Wissen Sie denn nicht, Minna, daß es äußerst ungehörig ist, die Briefe fremder Leute zu lesen?«
Minna antwortete: »Wieso? Sie lesen doch auch die Briefe von Goethe?«

Sie machten am Waldesrand ein Picknick. Der Ehemann, die Ehefrau und ihre sieben süßen Kinder. Es sollte ein Picknick werden. Es wurde keines. Der Göttergatte hatte den Konservenschlüssel verloren. Er suchte ihn vergeblich in allen Taschen. Man hungerte vor allen Dosen. Der Ehemann, die Ehefrau und die sieben süßen Kinder versuchten, das Blech zu durchbeißen. Es mißlang. Verärgert fuhr man nach Hause. Schimpfend stiegen sie die sechs Stock hoch.

Vor der Wohnungstür schrie der Ehemann hell auf.

»Ich habe ihn! Ich habe ihn!«

»Was?«

»Da ist er!«

»Wer?«

»Der Konservenschlüssel!«

»Gott sei Dank!«

»Wieso Gott sei Dank?«

»Daß wir ihn jetzt haben!«

Der Ehemann seufzte: »Mir wäre lieber, wir hätten jetzt den Wohnungsschlüssel – den haben wir nämlich nicht!«

Vier Männer saßen um den Tisch.

Jeder lobte seine Frau.

Wie Männer schon loben!

Einer seufzte tief auf. Er dachte heftig an daheim.

»Und deine Frau?«

»Sie ist mir zu ordentlich!«

»Zu ordentlich?«

»Sie räumt jeden Abend meine Sachen in den Schrank, spannt meine Schuhe ein, hängt meinen Hut an den Nagel.«

»Wenn du heimkommst?«
»Nein. Wenn ich ausgehen will.«

Die Mitternacht zog näher. Paul und Pauline lagen in ihren Kissen und schnarchten.
Plötzlich fuhr Pauline hoch. »Paul! – Paul!«
»Was denn?«
»Einbrecher!«
»Wo?«
»Hier! Im Zimmer!«
Pauls Hand fuhr zum Schalter. Das Licht flammte auf. Ein Mann stand erschrocken vor ihnen. Mit

Blendlaterne und Maske. Mit Stemmeisen und Dolch.
»Hände hoch!«
In Pauls Hand blitzte ein Revolver.
Der Einbrecher ließ die Beute sinken und warf die Arme hoch.
»Dir werde ich es besorgen«, sprang Paul aus dem Bett, »halt den Revolver, Pauline! Ich ziehe mich nur schnell an! Den Lumpen schleppe ich zur Polizei! Wo ist meine Hose, mein Hemd, mein Rock? So, jetzt bin ich fertig! Pauline, gib mir den Revolver wieder! Jetzt bringe ich ihn zur Polizei! Sorg dich nicht, Pauline, es wird eine Weile dauern! Jetzt vorwärts, Kerl, marsch, auf die Polizei!«
Paul stößt den Einbrecher vor sich her. Die Tür fällt hinter ihnen ins Schloß. Die Straßen liegen menschenleer. Da steckt Paul den Revolver ein und klopft dem Einbrecher auf den Rücken. »Fein hast du das gemacht, Otto – das werde ich dir nie vergessen – jetzt aber schnell in eine nette Bar – das ist seit den acht Wochen, wo ich verheiratet bin, das erstemal, daß ich wieder einmal ohne meine Frau ausgehen kann!«

Das Kind schrie.
Der Vater tobte.
Die Mutter mußte es ausbaden.

Der Vater brüllte: »Das Kind schreit auch immer! Dauernd brüllt es und schreit es ohne jeden Grund! Was hat es denn?«
Die Mutter, milde: »Deinen Charakter, Vater!«

Dreimal schon war der junge Mann ins Haus gekommen. Die Mutter war zufrieden. Das wäre ein Schwiegersohn nach ihrem Geschmack gewesen! Sie nahm die Tochter beiseite: »Der junge Mann gefällt mir sehr gut!«
Die Tochter sah empört auf: »Aber, Mama! Du hast doch den Papa!«

Die enge Gasse

Die Geschichte ist höchst verfänglich. Warum erzähle ich sie so gern? Vielleicht, um von den eigenen Unvollkommenheiten abzulenken und aufzuzeigen, wie es in anderen Ehen zugeht. Bei Hufnagels beispielsweise.

Herr Hufnagel ist seit fünf Jahren mit einer süßen Frau verheiratet, die tausend Wochen jünger ist als er selbst.

Als ich ihn eines Tages besuche, frage ich ihn: »Warum so schlechter Laune, Hufi?«

»Es ist die Gasse, in der ich wohne.«

»Die Annagasse?«

»Eben diese! Sie ist nachts nicht beleuchtet. Abend für Abend, wenn das Kino nebenan zu Ende ist, kommen die Liebespärchen und bleiben unten vor meinem Haustor stehen, küssen und liebkosen sich, schwören sich ewige Liebe und können sich voneinander nicht trennen.«

»Nacht für Nacht?«

»Jeden Abend. Nach dem Kino.«

»Da gibt es nur ein Mittel, mein Freund.«

»Welches Mittel?«

»Ein Glas Wasser aus dem Fenster.«

Acht Tage später kam ich wieder zu ihm.

Herr Hufnagel saß völlig gebrochen neben einem leeren Goldfischglas. Er stierte stumpf vor sich hin.

»Was ist geschehen?« fragte ich.

»Eine Katastrophe!«

»Berichte!«

Herr Hufnagel stöhnte tief auf. »Du erinnerst dich vielleicht, was ich dir das letzte Mal wegen der Pärchen in der Annagasse erzählte. Gestern war es wieder einmal unerträglich. Ich war allein in unserer Wohnung, meine Frau war nebenan ins Kino gegangen, man spielte eine Schnulze, die mich nicht interessierte, so blieb ich allein und wartete auf ihre Rückkehr. Endlich war das Kino zu Ende. Unsere dunkle Gasse füllte sich wie immer mit Liebespärchen. Gestern war es wieder ganz besonders schlimm. In jedem Torbogen, in jeder Haustür standen die zärtlichen Pärchen. Es muß am Film gelegen haben. Du weißt, ich wohne im zweiten Stock. Die heißen Beschwörungen, das zärtliche Gemurmel, die verliebten Ohs und Achs klangen bis zu mir herauf. Es war nicht zum Aushalten. Ich blickte hinunter. Ein Pärchen hatte direkt unter einem Fenster Aufstellung genommen. Es spielte besonders verrückt. Der Mann redete wie ein Buch auf die Frau ein. Sprach vom Wegfahren, den schönen Tagen in Andalusien, und das Wort Venedig als Stadt der Liebe kam dreimal vor. Dann erwähnte er immer

wieder den alten Trottel, er beschwor sie, er küßte sie, er bedrängte sie – da erinnerte ich mich deines Rates. Ich ergreife das Goldfischglas neben mir, schütte es zum Fenster hinaus und kippe seinen Inhalt auf die Verliebten unter mir.«
»Bravo! Und dann?«
»Es nutzt. Plötzlich ist Stille. Kein Laut. Ich lausche in die Nacht. Nichts. Da höre ich hinter mir die Tür. Es ist meine Frau, die vom Kino zurückkommt. Sie ist triefnaß. Auf ihrem Hut zappelt ein Goldfisch…«

Ich traf einen alten Freund. Wir hatten uns Jahre nicht gesehen.
»Wie geht es deiner Frau?« fragte ich.
»Danke. Es geht ihr gut.«
»Hat sie ihre reizende Figur behalten?«
Er seufzte: »Behalten? Verdoppelt hat sie sie.«

Otto fuhr nach Rom. Er nahm seine Frau mit.
Vor dem Pantheon standen sie und staunten.
»Diese Tür stammt aus dem Jahr achtundsiebzig vor Christi Geburt. Sie ist noch tadellos erhalten«, erklärte der Fremdenführer.
Otto puffte seine Frau: »Hörste? Und wie sieht die Tür von deinem guten Küchenschrank, den ich dir vor zehn Jahren gekauft habe, heute schon aus?«

Otto kam nach Berlin zurück.
Am ersten Tag ging er in den Zoo.
Im Zoo trifft man Freunde.
Otto traf ein Dutzend.
Zwölf Freunde sind zwölf Doppelkorn.
Otto wankt heim.
Vor dem Krokodilkäfig bleibt er erschrocken stehen.
Er starrt. Er reibt sich die Augen. Dann starrt er wieder. Immer auf das Krokodil.
»Aber Alte«, schreit er dann, »wie kommst denn du in den Käfig?«

Als Ulrich Kummer mit seiner Frau Hedwig Kummer elf Jahre verheiratet war, ging er in Dresden zum Zuckerbäcker auf der Schnorrstraße. Er bestellte für seine liebe Hedwig eine Pischingertorte.
»Und obenauf, mein lieber Zuckerbäcker«, sagte er, »obenauf machen Sie mir eine hübsche Elfe – da freut sich meine Hedwig – sie hat gern so etwas Sinniges – also vergessen Sie es nicht: obenauf eine hübsche Elfe!«
Der Zuckerbäcker versprach es. Am nächsten Tag lieferte er die Torte ab.
Aber wie erschrak da der gute brave Kummer!
»Was soll denn das nackige Mädchen auf der Torte?«
»Das haben Sie doch bestellt, Herr Kummer!«
»Bei Ihnen piept es wohl, was? Ich soll so ein ausgezogenes nackiges Ding bestellt haben? Ich habe eine Elfe bestellt!«
»Aber das ist doch eine Elfe!«
Da schrie Ulrich Kummer: »Herr! Doch nicht so eine Elfe, sondern eine richtige Elfe. Weil wir heute elf Jahre miteinander verheiratet sind!«

Inge hat sich einen Hut gekauft.
Etwas ganz Tolles!
Wie ein Kartoffelpuffer sah er aus.
Inges Mann bog sich vor Lachen: »Wenn ich den Hut

auf deinem Kopf sehe – entschuldige bitte! Ich kann nicht anders – ich muß lachen!«
Inge lächelte freundlich: »Das macht nichts. Wenn du den Hut auf der Rechnung siehst, dann wird dir schon das Lachen vergehen!«

Jedes Jahr hat jeder Mensch einmal Geburtstag. Ist man arm, kümmert sich keine Katze darum. Wenn man es aber im Leben zu etwas gebracht hat, zu Geld und Ehren, trudelt am Geburtstag die ganze Verwandtschaft ein. Und je reicher man ist, desto größer ist die Verwandtschaft. Unter einer Eigentumswohnung gibt es im Leben keinen Neffen dritten Grades. Bruno Bauer hat sechs Urgroßneffen achten Grades. So reich ist er.
In acht Tagen feiert nun Bruno Bauer seinen fünfzigsten Geburtstag.
Die ganze Familie fragt an: »Was wünschest du dir, Bruno?«
Bruno schreibt an alle: »Ein Bild von euch, ihr Lieben.«
Da freut sich die ganze Familie: »Welch sinniges Geschenk! Er denkt an uns, der brave Bruno! Er will uns immer um sich sehen!«
Und sie ließen sich fotografieren. Zum Geburtstag trafen die Bilder ein. Achtundsiebzig Großaufnahmen. Achtundsiebzig Familienbilder. Aus Dort-

mund, Dresden, Düsseldorf, Darmstadt und Döbeln. Aus Riesa, Regensburg, Rheinhausen, Radeberg und Rodenkirchen. Achtundsiebzig Familienbilder. Mit und ohne Kinder. Mit und ohne Hintergrund. Aber alle mit dem Blick nach vorn. Alle ihrer Würde voll bewußt. Und auf jedem Bild stand: »Unserem lieben Bruno zum treuen Gedenken!«
Bruno Bauer besah sich alle. Zählte nach. Nicht einer fehlte. Dann legte er die Bilder fein säuberlich zusammen und klingelte der Sekretärin. »Heften Sie die Bilder in eine Mappe«, sagte er, »und heben Sie sie im Vorzimmer auf. Wenn mich einer von den Leuten, die hier abgelichtet sind, zu sprechen wünscht, bin ich verreist.«

Jeden Tag kam Kümmel betrunken nach Hause. Die Frau weinte sich die Augen wund.
»Ab heute werde ich ein anderer Mensch!« schwor Kümmel. Die Frau glaubte es. Sie hätte es nicht glauben sollen. Denn noch in derselben Nacht kam Kümmel wieder bummvoll heim.
Die Frau schluchzte: »Ich denke, du bist ein anderer Mensch geworden?«
Kümmel stöhnte: »Was sagst du zu meinem Pech? Der andere Mensch säuft auch!«

Otto und Ottilie sind verheiratet.
Otto leider nicht gut.
Immer hatte Ottilie etwas auszusetzen.
Heute wieder –
»Was machst du für ein Gesicht, Otto!«
Otto stöhnte: »Wenn ich Gesichter machen könnte, hättest du längst ein anderes!«

Manche Leute lesen, um sich eine Scheibe abschneiden zu können. So einer war auch Peter, der soeben in der Bibel las, wie Jonas von einem Walfisch verschlungen und nach zwei Tagen wieder an Land gespuckt wurde. Er erzählte die Geschichte seiner Frau und schloß: »Der hat vielleicht Glück gehabt, daß er nicht mit dir verheiratet war, Ida!«
»Warum?«
»Wenn er mit dir verheiratet gewesen wäre und dir erzählt hätte, daß er nicht heimkommen konnte, weil ihn ein Walfisch verschlungen hatte – nie und nimmer hättest du dem das geglaubt!«

Neben uns wohnen Franz Friedlichs. Gestern feierten sie silberne Hochzeit.
Ich ging hinüber, um zu gratulieren. »Fünfundzwanzig Jahre, mein Lieber!« sagte ich und drückte dem Mann anerkennend die Hand.

Er nickte: »Wir vertragen uns heute noch genauso gut wie am ersten Tag!«
»Aber Sie haben sich doch heute früh mit Ihrer Frau geprügelt?« warf ich ein.
Er lächelte sanft: »Am Hochzeitstag auch.«

Der Telegrafist kam nach Mitternacht nach Hause.
Die Frau schimpfte wie ein Rohrspatz.
Eine volle Stunde lief das Mundwerk.
Dann schwieg sie.
Der Telegrafist lächelte stillvergnügt.
»Was hast du darauf zu sagen?« fauchte die Frau.
Der Telegrafist: »Wenn du das alles depeschiert hättest, was du mir jetzt gesagt hast, hätte die Depesche genau sechzehnhundertvierundsiebzig Mark und dreißig Pfennig gekostet!«

Die Liebe, die Liebe ist eine Himmelsmacht

Konversation ist nicht jedermanns Sache.
Meine Tochter hatte jüngst einen Tischherrn.
Der Tischherr begann mühsam: »Wie geht es Ihnen, mein Fräulein?«
»Danke gut, Herr Lindel.«
»Das freut mich. Und wie geht es der Frau Mama?«
»Danke, gut, Herr Lindel.«
»Und wie geht es dem Herrn Papa?«
»Danke, gut, Herr Lindel.«
»Und wie geht es dem Fräulein Schwester?«
»Danke, gut, Herr Lindel.«
»Und wie geht es dem Herrn Bruder?«
»Danke, gut.«
Hier versandete das flotte Gespräch. Der Tischherr war am Ende seiner Unterhaltungsgabe. Das Schweigen währte Minuten. Da half ihm meine Tochter. Sie sagte freundlich: »Ich habe auch noch einen Großvater, Herr Lindel.«

Peter Petermann war wieder einmal sterblich verliebt. Und wo die Liebe hinfällt – sie fiel diesmal auf eine stadtbekannte Schönheit, die überdies noch

eine berühmte Schauspielerin des Landestheaters war. Und wenn man erfährt, daß diese berühmte Schönheit oder schöne Berühmtheit noch nicht zwanzig Jahre alt war, kann man Peter Petermann verstehen.
Peter Petermann aber war nicht zu beneiden. Denn die Angebetete kümmerte sich nicht um den tollen Anbeter, ihretwegen hätte Peter Petermann Günter Sachser heißen können. Wenn er kam, ging sie. Wenn er sie ansah, sah sie weg. Unter solchen Umständen nützt einem auch das schönste Mädchen nichts. Aber Peter gab es nicht auf, Peter hoffte und harrte, und als er sich keinen anderen Rat mehr wußte, setzte er sich hin und schrieb einen leidenschaftlichen und betörenden Liebesbrief: »Hochgeschätzte! Ich weiß mir keinen Rat mehr. Jede Nacht liege ich schlaflos und denke immer nur an Sie! Mir schmeckt kein Essen, mir mundet kein Trank, immer kreisen meine Gedanken um Sie! Wie kann ich mir Ihr Wohlwollen erringen? – Ich habe lange nachgedacht und hoffe, jetzt das Richtige gefunden zu haben: Darf ich Ihnen mein Luxuskabriolett, weißlakkiert und rotgepolstert, zur Verfügung stellen? Nehmen Sie diese bescheidene Gabe als kleine Anzahlung. Alles, was ich besitze, soll Ihnen gehören – ich wäre der glücklichste Mensch unter der Sonne, wenn Sie zu meinem Vorschlag ja sagen würden! Ihr ergebener Petermann.«

Zu dieser Zeit nun, da Petermann bei der jungen und schönen Schauspielerin so wenig Beachtung fand, fand er diese um so mehr bei seiner Steuerbehörde. Täglich gingen Mahnungen an ihn, Strafandrohungen folgten, und Pfändungen drohten. Petermann rührte sich nicht. Und als man ihm eines Tages eine letzte Frist von fünf Tagen stellte, wenigstens die rückständige Einkommensteuer von vor elf Jahren endlich zu zahlen, schrieb Petermann der Steuerbehörde einen groben Brief: »Verehrteste! Wo denken Sie hin? Seit Monaten verliere ich täglich Geld im Geschäft, ich bin ein ruinierter Mann, von mir können Sie nicht einen Groschen kriegen! Lassen Sie deshalb jede Hoffnung fahren, von mir jemals Geld zu bekommen. Ersparen Sie sich Ihre Briefe, es ist schade um das Porto. Wenn Sie mir nicht glauben, besuchen Sie mich und schauen Sie in meine leeren Kassen. Ihrem Besuch steht nichts im Weg! Aber Geld? Ausgeschlossen! Stets der Ihre! Petermann.«
Petermann wartete drei Tage auf eine Antwort von der geliebten Hand. Statt dessen traf ein Brief der Steuerbehörde ein: »Sehr geehrter Herr! In Ihrer Steuersache wurde Ihrer letzten Eingabe stattgegeben. Wir sind bereit, als Anzahlung das in Ihrem letzten Schreiben angebotene Luxuskabriolett zu übernehmen. Wir sehen weiteren Zahlungen, wie im Schlußsatz Ihres Schreibens versprochen, in Kürze entgegen. Der Präsident des Finanzamtes.«

Und die wunderschöne und berühmte Schauspielerin schrieb: »Sehr geehrter Herr! Ihr alberner Brief ist mir unverständlich. Erstens habe ich von Ihnen kein Geld verlangt, und zweitens ist es gut zu wissen, woran man ist, um Ihren lästigen Bewerbungen endlich ein Ende zu machen. Kein Geld habe ich selbst, und Ihre leeren Kassen interessieren mich nicht. Helene Hampel, jugendliche Naive.«

Paris ist ein teures Pflaster. Drei Schotten fuhren hin. Drei Abende gingen sie aus. Drei Nächte bummelten sie durch. Am vierten Morgen stöhnte einer:
»Teuer ist dieses Paris!«
»Was hast du in den drei Tagen verbraucht?«
»Fünfzig Mark!«
»Soviel Geld? Wofür?«
Sagte der Schotte: »In der Hauptsache für Wein und Weiber!«

Das Mädchen war mollig.
Der Mann war im siebenten Himmel. »Wollen wir einkehren, Fräulein?«
»Gern, mein Herr.«
»Was hätten Sie gern, Fräulein?«
»Eis, mein Herr.«
»Himbeereis? Erdbeereis? Mokkaeis?«

Das Mädchen lächelte: »Am liebsten Eis, das in großen silbernen Kübeln serviert wird und wo in der Mitte eine Flasche Sekt drin steht.«

Bruno hatte eine Braut.

Die Braut war einverstanden. »Wenn meine Eltern heute abend aus dem Haus sind«, sagte sie verheißungsvoll, »werfe ich durch das Fenster zehn Pfennig. Das ist das Zeichen, daß du kommen kannst!«

»O du mein großes Glück!«

Um sieben Uhr wartete Bruno unter dem Fenster.

Um acht Uhr kam ein Zehnerl geflogen. Gilt es mir, oder gilt es dir? Es galt Bruno.

Das Mädchen wartete. Sie wartete zehn Minuten, sie wartete zwanzig Minuten, sie wartete eine Stunde. Bruno erschien nicht. Ungeduldig öffnete sie das Fenster und rief hinunter:

»Bruno!«

»Ja?«

»Hast du das Zehnerl nicht fallen hören?«

»Doch. Doch.«

»Warum kommst du nicht?«

Bruno stöhnte: »Ich kann das Zehnerl nirgends finden!«

Es war im Wellenbad in Wien.
Willi schwamm wie Poseidon persönlich. In der Hand hielt er einen Krebs.
»Was willst du mit dem Krebs, Willi?«
Willi machte sehnsüchtige Augen. »Es schwimmen so wunderschöne Mädchen um mich herum, und ich trau' mich nicht, sie selbst zu zwicken.«

Wer ist Karl Anton?

Das Malheur hatte sich vor vier Monaten abgespielt.

»Vater, ich möchte dir gern den Mann meines Herzens vorstellen.«

»Wie? Wen? Was?«

»Den Mann, den ich liebe. Er heißt –«

»Bist du verrückt? Mit deinen siebzehn Jahren?«

»Willst du ihn dir nicht wenigstens einmal ansehen? Er heißt –«

»Ich will ihn nicht sehen, ich will ihn nicht sprechen, ich will nicht wissen, wie er heißt, was er ist und was er hat. Er soll sich zum Teufel scheren! Ich bin ein autoritärer Vater! Untersteh dich nicht, ihn noch einmal zu sehen!«

»Aber, Papa!«

»Dixi! Ich will nichts wissen.«

Der Mann, der gesprochen hatte, lebte sonst ganz vernünftig. Er hatte den Drang zum Besseren und las viel. Dafür ging er nicht ins Kino, ins Theater, ins Konzert, er ging nicht zum Stammtisch, er blieb Abend für Abend daheim, sah fern, trank ab und zu ein Gläschen und lebte ansonsten gesund. Er lebte mit Frau und Tochter. Die Frau strickte viel, die Tochter weinte jetzt viel, aber sonst war Harmonie im Hause.

Jedoch eines Tages –

Freunde trafen ihn am Abend auf der Straße.

»Nanu, Oswin? Am Abend unterwegs?«

»Ja. Neuerdings. Jeden Montag, Dienstag und Donnerstag.«

»Wohin gehst du?«

»In die Volkshochschule. In einen Sonderkurs. Für Allgemeines. Ich habe beschlossen, mein Wissen zu mehren. Jeden Montag, Dienstag und Donnerstag.«

»Mit vierzig Jahren? Reichlich spät.«

»Besser spät als nie.«

»Seit wann treibst du es so?«

»Seit drei Monaten. Jeden Montag-, Dienstag- und Donnerstagabend.«

Die dummen Freunde amüsierten sich über ihn.

Er nahm sich ernst.

Stete Bildung höhlt die Dummheit.

»Ich wüßte euch Fragen zu stellen!« rief er.

»Frag zu!«

»Wißt ihr Nichtswisser, wer beispielsweise Demosthenes war?«

»Keine Ahnung!«

»Oder Sokrates?«
»Kaum.«
»Oder Diogenes?«
»Noch weniger.«
»Oder Hannibal ante portas?«
Die Freunde verneinten.
»Und das war der klassische Teil. Ihr wüßtet ja auch sicher nicht mehr, wann die erste Mondlandung war und wie die ersten Astronauten mit dem Vornamen hießen?«
Die Freunde wußten es nicht.
Es imponierte ihnen jedoch nur zum Teil.
»Das lernst du jetzt alles in der Volkshochschule?«
»Ja. Jeden Montag, Dienstag und Donnerstag.«
Einer der Freunde, sein Nachbar, der über ihm wohnte, rückte unruhig hin und her und sagte endlich: »Dürfen wir dich auch einmal etwas fragen, Oswin?«
»Nur zu! Fragt getrost!« war Oswin seines Wissens sicher.
»Weißt du, wer Karl Anton ist?«
»Karl Anton? Karl Anton? Wer soll das sein?«
Da lachte der Nachbar, da lachten die Freunde und sagten: »Das ist der junge Mann, der jeden Montag, Dienstag und Donnerstag, wenn du in der Volkshochschule bist, zu deiner Tochter kommt...«

Sie waren jung verheiratet. Die junge Frau kaufte eine Gans. Es war die erste Gans in ihrer jungen Ehe. Die junge Frau legte die Gans auf den Tisch neben das Kochbuch. In dem Kochbuch waren Zeichnungen. Auch eine Zeichnung, wie man eine Gans zerlegt. Es war wirklich ein praktisches Kochbuch.
Die junge Frau studierte und studierte.
Endlich wußte sie die punktierten Linien auswendig.
Sie wandte sich der Gans zu. Aber –
Sie drehte sie nach links, sie drehte sie nach rechts, sie betrachtete sie verzweifelt von vorn und von hinten. dann schaute sie wieder in das Kochbuch, dann wieder auf die Gans, dann wieder –
Kurz entschlossen packte sie die Gans unter den Arm und ging zu ihrem Mann. »O Eberhard!« rief sie verzweifelt. »Ich kann auf unserer Gans die punktierten Linien nicht finden!«

Die süße Braut lehnte zärtlich an ihm. »Ich habe einen Wunsch, Liebster!«
»Sprich ihn aus, Susanne!«
»Wenn wir einmal heiraten –«
»Ja?«
»Werde ich dann zwei Hausmädchen haben?«
»Zwei? Drei – vier – fünf – so viele du willst – aber hintereinander!«

Geduld bringt Rosen.
Der junge Ehemann wartete vor der Modistin.
Kam Rudolf des Weges. »Auf wen wartest du?«
»Auf meine Frau.«
»Wo ist sie?«
»Bei der Modistin.«
»Wird sie bald kommen?«
Der junge Gatte nickte geduldig: »Wahrscheinlich! Man hat soeben den letzten Hut aus dem Fenster genommen.«

Der Ehemann ging mit seiner Frau im Frühling aus. Überaus vorsichtig ließ er sich auf seinen Stuhl nieder. Er sah sich erst dreimal um, bevor er sich setzte.
»Fehlt dir etwas?« fragte die Frau.
»Nein.«
»Du hast kein Leiden?«
»Nein. Warum?«
»Weil du dich so vorsichtig niedersetzt.«
»Das tue ich immer, wenn ich mit dir ausgehe, mein Glück!«
»Warum?«
Der junge Ehemann lächelte ergeben: »Damit du mir nicht wieder wie im vorigen Herbst schnell deinen Hut unterschiebst, auf daß ich dir einen neuen kaufen muß.«

Braut und Bräutigam lassen sich fotografieren.
»Rück doch ein wenig näher, Bruno!«
»Lieber nicht, Ingrid!«
»Warum denn nicht, Bruno?«
»Wegen dem Bild!«
»Aber es wird doch ein Brautbild, Bruno! Da können wir zwei doch ganz dichtebei sitzen!«
Brummt Bruno: »Das denkst aber nur du! Und wenn wir mal auseinandergehen, kann ich dann das ganze teure Bild wegschmeißen, so aber brauche ich dich bloß abzuschneiden.«

Der junge Ehemann nahm die junge Ehefrau beiseite. »Liebes!« sagte er.
»Liebster?«
»Liebes, wir können nicht so weiter aus dem vollen wirtschaften!«
»Nein, Liebster?«
»Ich habe dir hier ein kleines entzückendes, in rotes Leder gebundenes Wirtschaftsbuch gekauft – da schreibst du links hinein, was du an Geld von mir erhältst, und rechts, was du mit dem Geld gemacht hast.«
»Fein, Liebster!«
Acht Tage vergingen.
Am Abend kam der Ehemann nach Hause. »Hast du noch Geld, Liebste?«

»Nein, Liebster.«
»Kann ich dein kleines Wirtschaftsbuch sehen?«
»Gern, Liebster.«
»Stimmt es?«
»Ganz genau, Liebster.«
Sie brachte das Buch.
Er las links: »Von meinem lieben, guten, süßen Mann erhalten: hundert Mark!« Und dann las er rechts: »Alles ausgegeben. Geld alle.«

Ich sah sie wieder, die junge Mutter.
Ich erschrak. »Um Gottes willen! Seit wann schielen Sie denn?«
Die gute Mutter seufzte: »Seitdem meine Zwillinge zu laufen anfangen.«

Kurz, herz- und schmerzlich

Der Kahle ging zum Friseur. »Können Sie mein Haar locken?«
»Locken kann ich es – aber ob es kommt?«

»Wer war Madame Pompadour?«
»Eine Rokokokokotte.«
»Seit wann stottern Sie?«

Der Lehrer unterrichtet in der Hotelfachschule. »Einen guten Kurgast behandelt man wie eine gute Gans.«
Fragt ein Schüler: »Wie sollen wir das verstehen?«
»Beide werden gerupft!«

»Ich bin gestern zehn Kilometer in einer Stunde gelaufen.«
»Unmöglich!«
»Fragen Sie Erich! Er ist mitgelaufen.«
»Ja – zu zweien, zu zweien!«

»Kennen Sie Shakespeare?«
»Nein. Ich trinke nur Pilsener.«

»Warum hat der Löwe einen so großen Kopf?«
»Damit er im Zoo nicht durch die Gitter kann.«

»Man sagt, Zitronen machen mager.«
»Purer Schwindel! Ich verkaufe schon seit sieben Jahren Zitronen und werde immer dicker.«

»Ihre Wohnung ist wohl sehr eng und schmal?«
»Woher wissen Sie das?«
»Von Ihrem Hund. Er wedelt mit dem Schwanz nicht von rechts nach links, sondern von oben nach unten.«

»Meine Waschfrau näht immer fremde Knöpfe an meine Hemden.«
»Da hast du Glück! Meine Waschfrau näht immer fremde Hemden an meine Knöpfe.«

»Wieviel Elemente gibt es?«
»Zwei. Gute und schlechte.«

»Warum ist die Erde weiblichen Geschlechts?«
»Weil keiner genau weiß, wie alt sie ist.«

»Warum kann das Pferd kein Schneider werden?«
»Weil es das Futter frißt!«

»Was fällt vom Himmel?«
»Kein Meister.«

»Von wem sind eigentlich die ›Lustigen Weiber‹?«
»Dumme Frage! Von Windsor natürlich!«

»Wo liegt Malaga?«
»Bei meinem Vater im Keller, Herr Lehrer.«

»Glauben Sie an platonische Liebe?«
»Doch. Zwischen Eheleuten.«

Trompeter in der Nacht

Herr Tangermann hatte mich eingeladen, seine neue Wohnung zu besehen. Er wohnte erst seit kurzem darin. Es war ein wahres Schmuckkästchen. Drei Zimmer und alles, was dazu gehört. Die Wände waren mit munteren Tapeten bespannt, und auf sie abgestimmt lagen herrliche dicke Teppiche. Alte Bilder an den Wänden und Blumen vorm Fenster fand ich in der Wohnung meines Freundes Tangermann, der jung verheiratet war und eine herrliche Frau mit allen Vorzügen und einer großen Mitgift besaß. So mit dem Geld seines Schwiegervaters kann man sich leicht eine Luxuswohnung einrichten, die Gemütlichkeit atmet, da kann man sich so bequeme Sessel kaufen, wie sie dort standen, Silber auf dem Tisch, echtes Porzellan und auf dem Büfett große Kristallvasen. Meine drei Nelken nahmen sich darin sehr bescheiden aus. Gott sei Dank standen sie vor dem Spiegel und wirkten darum wie sechs, eine überaus praktische Erfahrung, die ich jeder Hausfrau empfehlen möchte, Blumen vor den Spiegel zu stellen – kurz, um zum Ende des Anfangs zu kommen: Es war eine Traumwohnung, und alles war vom Allerbesten.

»Wie spät ist es?« fragte ich beim Kaffeetrinken Herrn Tangermann.
»Moment!« sagte er. Er stellte seine Tasse auf den Tisch zurück, stand auf und ging zum Fenster. »Fünf Minuten vor fünf.«
»Herzlichen Dank!« sagte ich, und als ich ihn nach ungefähr einer Stunde das Gleiche fragte – denn ich wollte meinen ersten Besuch bei dem jungen Paar nicht über Gebühr ausdehnen –, ging er abermals zum Fenster, blickte hinaus und sagte: »Kurz vor sechs Uhr.«
Das fiel mir auf. »Warum siehst du immer aus dem Fenster?« fragte ich ihn.
»Du wolltest doch wissen, wie spät es ist.«
»Habt ihr denn keine Uhr?«
»Nein«, sagte Herr Tangermann. »Wozu auch?«
»Das verstehe, wer will! Keine Uhr? Ihr habt alles, was man sich überhaupt nur träumen kann, Bilder, Stiche, Teppiche, Silber, jeden Prunk, und zu einer Uhr hat es nicht gereicht?«
Er lächelte mir zu, als wollte er mich besänftigen. »Lieber Freund«, sagte er, »wozu brauche ich eine Uhr im Zimmer, die ich jeden Tag aufziehen muß und die meine Frau jeden Tag abstauben muß, wenn ich gegenüber die Kirchenuhr habe? Sieh das doch ein!«
Ich sah es ein. »Gut, am Tag«, sagte ich, »aber was macht ihr in der Nacht? In der Nacht werden sie

doch deinetwegen nicht den Kirchturm beleuchten?«
Jetzt mengte sich Frau Tangermann ins Gespräch.
»In der Nacht hat Fritz die Trompete.«
»Eine Trompete?«
»Ja. Eine Trompete.«
»Wenn ihr wissen wollt, wie spät es ist, was macht ihr da mit einer Trompete?«
»Fritz bläst sie.«
Ich wetterte: »Aber dadurch erfahrt ihr doch niemals die Zeit!«
Herr Tangermann nickte stolz und schob seinen Arm unter den seiner Frau. So standen sie, ein Standbild. »Und ob ich die Zeit erfahre«, sagte er. »Ich brauche nur anzufangen, auf meiner Trompete zu blasen, gleich klopft mein Nachbar nebenan wütend an die Wand und ruft: ›Sind Sie verrückt? Jetzt blasen Sie Trompete? Nachts um halb zwölf…‹«

Glück muß man schon haben…

Hin und wieder gehen wir spazieren.
Auf einer Wiese stand ein Storch.
Luise meinte: »Immer weniger Störche sieht man von Jahr zu Jahr!«
Ich antwortete: »Kein Wunder, Luise! Wo kein Mensch mehr an ihn glaubt!«

Überall auf der Welt wachsen Bäume. Aber nicht immer hängt an einem Baum eine elegante Dame.
Hier hing eine. Und wie es just oft sonderbar auf der Welt zugeht, schritt in dieser Minute ein Herr vorüber, sah die Dame baumeln, blieb stehen, lüftete seinen Hut und sagte: »Leben Sie noch, wertes Fräulein?«
»Ja. Aber –«
Da schnitt der Herr die Dame ab und legte sie neben sich ins Gras.
Die Dame schüttelte empört den Kopf. »Hätten Sie es doch lieber bleiben lassen!« sagte sie.
»Ich bitte Sie!«
»Keine Ausflüchte! Wenn ein Mensch sich aufhängt, hat er seine Gründe.«

Der Herr lächelte verbindlich. »Verzeihen Sie mir meine Voreiligkeit vielmals«, sagte er, »jedoch, da es nun einmal geschehen ist, wollen wir sehen, wie Ihnen zu helfen ist. Sie sind jung, Sie sind hübsch, das Leben liegt vor Ihnen. Alles kann noch gut werden. Fassen Sie Vertrauen zu sich selbst! Man soll nicht gleich die Flinte ins Korn und sich den Strick um den Hals werfen. Haben Sie vielleicht Liebeskummer?«

»Ach, die Männer!«

Es kam so spöttisch und verächtlich, daß bestimmt Liebeskummer nicht der Grund war. Es klang, als wüßte sie vor lauter Überheblichkeit überhaupt noch nicht, was ein Mann ist.

Trotzdem wiederholte der Retter: »Also keinen Liebeskummer?«

»Nein.«

»Vielleicht Geldsorgen?«

»Nein.«

»Eine unheilbare Krankheit?«

»Sehe ich so aus?«

»Warum haben Sie sich dann aufgehängt?«

Die Dame richtete sich auf. »Ich bin Sängerin«, sagte sie. »Ohne mich zu rühmen, habe ich das höchste Organ der Welt. Ich singe ebenso leicht das hohe C wie das tiefe B. Meine Aussprache ist ausgezeichnet, mein Ton ist überaus angenehm. Ich habe Herz in der Stimme. Aber trotz meinem großen

Können, trotz meinem prächtigen Organ, trotz meiner fabelhaften Stimme engagiert mich kein Mensch. Man läßt mich einfach nicht singen, man will mich nicht aufkommen lassen. Sie wissen ja, wie das ist auf der Welt: Wahre Talente macht man mundtot. Die Prominenten haben Angst vor mir, deswegen intrigieren sie gegen mich. Nur deswegen. Sonst wäre ich längst –«

Der Herr lächelte: »Lobsingen Sie Ihrem Schöpfer, meine Dame, ein gütiges Geschick hat Sie mir auf den Weg gehängt! Zufälligerweise bin ich Operndirektor, zufälligerweise suche ich gerade eine erste Sängerin. Ich bin auf dem Weg in die Stadt, um eine Sängerin zu engagieren. Sie muß nicht einmal besonders gut sein, nur ein wenig Stimme müßte sie haben. Singen Sie mir bitte etwas vor, und ich unterschreibe sofort Ihren Vertrag.«

Da sang die Sängerin. Sie sang laut und lange. Als sie ihr Lied geendet hatte, strich sie sich die Bluse glatt und fragte von oben herab: »Nun? Was sagen Sie jetzt?«

Der Herr sagte erst eine Weile nichts, dann ging er hin, nahm den Strick, knüpfte eine schöne Schlinge, befestigte den Strick wieder an dem Baum und sagte: »Verzeihen Sie, daß ich Sie in Ihrer löblichen Absicht gestört habe –«

Jeder Mensch hat im Leben einmal etwas auf dem Herzen. Zum lieben Gott kann man beten, zu einer Frau kann man hingehen und sie beschwören, bei einer Behörde aber nützen weder Gebete noch Schwüre, da muß man ein Gesuch einreichen. Und ich reichte ein Gesuch ein. Nach vier Wochen ließ mich der Beamte aufs Amt kommen. Ich mußte eine Stunde laufen, zwei Stunden fahren, drei Stunden warten. Endlich war es soweit, und ich kam an die Reihe.

»Ist mein Gesuch bewilligt?« fragte ich.

»Es ist noch gar nicht geprüft.«

»Aber –«

»Ich habe es liegen lassen, weil ein Komma fehlt.«

»Aber das hätten Sie doch leicht selbst hineinsetzen können!« rief ich verärgert.

Er schüttelte den Kopf: »Ha no! Dös geht net! Dös muß die gleiche Handschrift sein!«

Ich ging mit meinem Freund Berger spazieren.

Ich war sehr verstimmt.

»Ärger gehabt, Johannes?« fragte er mich.

»Ja.«

»Was ist geschehen?«

»Ich war eben mit meiner Frau im Kino, und da setzt sich ein bildhübsches junges Mädchen neben mich.«

»Da hast du aber Glück gehabt, Johannes!«
»Glück nennst du das?«
»Freilich. Denn du hättest ebenso gut mit dem jungen, bildhübschen Mädchen ins Kino gehen können, und deine Frau hätte sich just neben dich setzen können.«

Rechtssachen sind Glückssachen. Es kommt auf den Anwalt an.
Mich hatte ein Hund ins Bein gebissen. Daraufhin

verklagte ich den Hundehalter. Der Prozeß lief und lief. Eines Tages war auch er zu Ende.
»Wie ist dein Prozeß ausgegangen, Johannes?«
»Verloren habe ich ihn!«
»Verloren?«
»Mein Gegner hatte einen tollen Anwalt!«
»Der Fall lag doch ganz klar?«
Ich stöhnte: »Eben nicht. Zum Schluß hat der Anwalt bewiesen, daß ich es war, der den Hund ins Bein gebissen hat.«

In einer kleinen schweizerischen Stadt war das Verunreinigen der Straßen und Plätze bei zwanzig Franken Strafe verboten. Dazu gehörte auch die Verrichtung kleiner menschlicher Notdürfte im Freien. So stand es überall groß angeschrieben.
Ich kam – unbescholten vor vielen Jahren in dieser Stadt lebend – in Angst und Nöte. Wohin? Kein Ort, wohin ich verschwinden konnte. Und den Drang vergessen? Dazu wurde ich zu oft durch all die Verbotstafeln und Warnungen daran erinnert. Da, die Erlösung! Hinter einem Baum stand ein Schutzmann und tat, was ich mußte. Also war es anscheinend doch nicht so ernst gemeint. Auch ich trat also hinter einen Baum und –
»Des kostet Ihnen zwanzig Fränkli Straf', Herr Nachbar!«

Ein zweiter Schutzmann war hinter mich getreten und notierte mein sträfliches Tun.
Ich aber wies getrost und guten Mutes auf den anderen Schutzmann und sagte: »Ihr Kamerad tut es doch auch?«
Mein Schutzmann nickte dienstlich und sprach: »Ha no! Das ist doch unser Lockvögeli!«

Jeder Mensch hat solche Freunde.
Peterhans sagte, er sei stocktaub. Aber was er hören wollte, das hörte er. Eines Tages kam er zur Mittagsstunde zu uns ins Zimmer. Wir saßen gerade bei Tisch und verspeisten eine gutgebratene, knusprige Gans.
»Grüßgott beieinander!« rief er.
»Grüßgott, Peterhans! Was führt Sie zu uns?«
Der Alte hielt die Hand ans Ohr: »Was sagen Sie? Mitessen soll ich?«
»Aber nein! Ich fragte, was Sie wünschen!«
»Mitessen? Das kann ich nicht annehmen.«
»Sollen Sie ja auch nicht«, schrie ich, »ich will nur wissen, was Sie von uns wünschen!«
»Ich habe zwar noch nicht gegessen – wenn Sie also unbedingt meinen, daß ich mitessen soll –«
»Wer spricht denn vom Essen?« brüllte ich erbost. »Wer redet denn vom Mitessen?«
Der alte Peterhans zuckte resigniert die Schultern

und sagte: »Beleidigen will ich Sie nun auch nicht gerade – wenn Sie darauf bestehen – dann bin ich eben so frei!« Sprach es, setzte sich zu Tisch und langte nach dem saftigsten Bruststück.

Karl Roger ging durch den Stadtpark. Er lief quer über eine Wiese.
Als er an dem freundlichen Herrn vorüberkam, grüßte dieser und sagte höflich: »Verzeihen Sie bitte vielmals –«
»Ja? Sie wünschen?«
»Hätten Sie vielleicht einen Bleistift bei sich?«
»Gewiß.«
»Würden Sie ihn mir eine Minute borgen?«
»Aber gern.« Karl Roger zog einen Bleistift aus der Tasche und reichte ihn dem freundlichen Herrn.
»Zu liebenswürdig!«
»Keine Ursache!«
»Ich habe nämlich meinen Bleistift daheim vergessen«, erklärte der freundliche Herr, »und ich brauche ihn jetzt, um Sie wegen verbotenen Betretens des Rasens aufzuschreiben.«

Des Dentisten Dottermann Dentistentafel an der Haustür ist das Ziel beschwingter Studenten. Immer wieder wird sie zu nächtlicher Stunde abgeris-

sen und in jugendlichem Übermut anderswo aufgebaut. Das war schon immer so, das hat man schon vor zwanzig Jahren in der kleinen Universitätsstadt so getrieben und treibt es auch heute noch. Und jedes Jahr erwischt Dottermann einen der Missetäter.
Dottermann schleppt ihn auch diesmal vors Gericht. Er selbst kam als Zeuge.
Der junge Amtsrichter rief ihn vor: »Erzählen Sie uns den Vorfall, Zeuge! Wie geschah es?«
Dottermann schaute den jungen Amtsrichter lange an. Dann sagte er: »Was soll ich Ihnen da groß erzählen? Es war genau dieselbe Sach wie damals vor zehn Jahren, als ich Sie dabei erwischt habe, Herr Amtsrichter.«

Der Mann, der –

Der Mann, den ich auf Reisen traf, muß wohl daheim seine schlechten Erfahrungen gemacht haben. Denn woher wäre sonst der Ausbruch seines Mitgefühls gekommen, als er vor dem schiefen Turm von Pisa stand?
Er stupste mit dem Finger seine Frau an den Arm und deutete auf den schiefen Turm. »Siehste, Susanne«, seufzte er, »genau die gleiche Schose wie bei uns – wenn die nicht am falschen Fleck gespart und gleich einen richtigen Architekten genommen hätten und keinen aus der Verwandtschaft, wäre denen das nie passiert!«

Der Mann, der von seiner temperamentvollen Frau eine hinter die Ohren bekam, seufzte: »Dazu habe ich damals von deinem Vater nicht deine Hand erbeten!«

Der Mann, der gern auf Kunstauktionen ging, klagte: »Nie wieder gehe ich mit meiner Frau auf eine Auktion!«

»Warum nicht?«
»Sie will auch hier stets das letzte Wort haben!«

Der Mann, der eine Leihbücherei besaß, druckte auf den Umschlag des Bücherkataloges:
»Einem vielgeäußerten Wunsch unserer Leserschaft Rechnung tragend, haben wir die Romane, in denen sie sich schon zum Schluß kriegen, mit einem Kreuz bezeichnet!«

Der Mann, der so viel über Bücher sprach, wurde gefragt:
»Haben Sie Jean Paul gelesen?«
»Und ob: Sogar im französischen Original!«

Der Mann, der mit sprechenden Papageien handelte, war nicht auf Rosen gebettet. Die Wünsche der Kunden waren oft sonderbar.
Eines Tages stand ein Kunde in der Tierhandlung. »Ich nehme diesen blauen Papagei«, sagte er, »aber Sie müssen mir garantieren, daß er nicht erzählt, was er gekostet hat – es ist nämlich ein Geschenk.«

Der Mann, der kein R sprechen konnte, hatte sich für seinen täglichen Umgang einen Hund gekauft. Nach Abschluß des Kaufes fragte er den Verkäufer:

»Wie heißt der Hund?«

»Rolf Rüderich Romeo von Raradurri Rorrs!«

Der Onkel Doktor hat gesagt –

Wenn man siebzig Jahre alt ist und fünfzig Jahre in der Lotterie gespielt und nichts gewonnen hat, nichts im Leben und nichts in der Lotterie, ist das müde Herz wohl kaum mehr dem Ansturm einer großen Überraschung gewachsen. Wie sollte es auch! War doch Gottfried Freudinger schon wegen seines Herzens in Behandlung bei dem alten Hausarzt Thaddäus Müller. Nicht, daß ihm direkt dieses oder jenes fehlte, es war mehr eine nachbarliche Freundschaft, die die beiden alten Männer miteinander verband. Und zwischen den Reden über die vergangenen Zeiten konnte man leicht einmal das alte Herz abhorchen, den Puls fühlen und ein Pülverchen verschreiben. Diese Idylle hätte wohl noch Jahre gedauert, wenn nicht eines Morgens Gottfrieds Frau aufgeregt zu dem Arzt gelaufen gekommen wäre und heftig an seiner Tür geläutet hätte.

»Es ist etwas Schreckliches geschehen!«

»Um Gottes willen! Was denn?«

»Mein Mann –«

»Ist ihm etwas zugestoßen?«

»Er hat –«

»Sprechen Sie doch!«

»Er hat das große Los gewonnen!«
Der Arzt glaubte, Falsches vernommen zu haben. Als es ihm aber dreimal, viermal wiederholt wurde, als er die Depesche mit dieser Nachricht selbst in der Hand hielt, verklärte sich sein Gesicht. »Wie hat Gottfried es aufgenommen?«
»Er weiß es noch nicht.«
»Er weiß es noch nicht?«
»Ich traue mich nicht, es ihm zu sagen, ich fürchte –«
»Ihn könnte der Schlag treffen?«
»Ja. Vor Freude kann er tot umfallen.«
Der Arzt nickte. »Wir müssen das bedenken«, sagte er, »ein altes Herz muß geschont werden. Die plötzliche Freude kann wirklich seinen Tod herbeiführen.«
»Wollen Sie es ihm nicht langsam beibringen?«
Der Arzt nahm Hut und Mantel. »Ich will es gern tun. Kommen Sie!«
Als sie eintraten, erwartete sie Freudinger in seinem Bett liegend. Er schien heute keinen guten Tag zu haben. Sein Auge war trübe, sein Puls ging schneller als sonst. Schon zögerte der Arzt, ob er die Freudenbotschaft nicht lieber einen Tag verschieben sollte, da begann Gottfried Freudinger selbst.
»Ich muß heute immerzu an mein Los denken. Wollen Sie es nicht für mich weiterspielen, lieber Doktor?«

»Ihr Los?«
»Ja. Ich spiele jetzt schon fast fünzig Jahre das gleiche Los. Wenn ich diesmal wieder nichts gewinne, gebe ich es auf.«
Der Arzt nützte die Gelegenheit. »Was würden Sie denn tun, wenn Sie gewinnen würden?«
»Viel gewinnen?«
»Einen großen Betrag.«
»Zehntausend?«
»Mehr.«
»Zwanzigtausend?«
»Noch mehr.«
»Dreißigtausend? Fünfzigtausend? Hunderttausend?«
Noch schien der Alte ganz ruhig.
Der Arzt nahm die letzte Hürde. »Was würden Sie tun, wenn Sie das große Los gewännen?«
»Das große Los!« Das Gesicht des Alten verklärte sich. Als ahnte er etwas, sah er den Arzt starr an. Einen Augenblick schnappte er nach Luft. Sein Gesicht glühte. Erschrocken sprang der Arzt hinzu. Aber schon hatte sich der Alte wieder in der Gewalt. Er lachte vergnügt und sagte: »Dann, lieber Doktor, würde ich – das verspreche ich Ihnen heilig und auf Ehrenwort –, dann würde ich Ihnen den halben Gewinn sofort schenken.«
Da fiel der Arzt tot um. Ihn hatte vor Freude der Schlag getroffen.

Das Kind war blutarm.
Der Arzt verordnete Eisen.
Der reiche Vater lächelte: »Herr Doktor, wenn es besser ist – ich meine, mir kommt es nicht so darauf an –, ich kann dem Kind auch gern Silber oder Gold geben –«

Das Wartezimmer des Arztes war überfüllt.
Der Arzt öffnete die Tür. »Wer hat am längsten gewartet?« fragte er.
»Ich, Herr Doktor, Ihr Schneider – ich warte schon seit zwei Jahren auf die Bezahlung des Anzugs.«

Die Schönheitstänzerin Petra vom Odeon ging zum Arzt. Der Arzt führte sie in sein Sprechzimmer.
»Was fehlt Ihnen, mein Fräulein?«
»Ich möchte mich impfen lassen.«
»Auf den Arm?«
»Um Gottes willen! Nein! Man darf es nicht sehen!«
»Dann am Bein?«
»Man sieht oft meine Beine, Herr Doktor.«
Der Arzt lächelte: »Dann bleibt nur noch der verlängerte Rücken übrig, meine Dame.«
»Auch das geht nicht.«
Warum nicht?«

»Ich bin Schönheitstänzerin.«
»Oh! Dann allerdings«, antwortete der Arzt. »Ich werde mir heute abend Ihre Tänze ansehen. Dann kann ich Ihnen am besten vorschlagen, wohin wir impfen.«
Die Schönheitstänzerin war einverstanden. Sie schickte dem Arzt eine Freikarte.
Am nächsten Tag ging sie zu ihm. »Wo impfen wir?« fragte sie.
Der Arzt lächelte vergnügt: »Wenn ich Ihnen raten darf, Fräulein – schlucken Sie den Impfstoff!«

Anton kam in die Sprechstunde.
Der Arzt verschrieb eine Medizin. »Nehmen Sie jeden Abend davon vier Löffel.«
»Das geht nicht, Herr Doktor.«
»Warum nicht?«
»Wir haben daheim nur drei Löffel.«

Huschel sticht es oben, unten, vorn und hinten. Huschel geht zum Arzt.
Der Arzt beklopft ihn. »Haben Sie vor einiger Zeit einmal etwas mit einer Angina zu tun gehabt?« fragt er.
Huschel errötet: »Aber Herr Doktor – mit einer Angina – meine Frau ist viel zu eifersüchtig.«

Der Steuerinspektor hatte gräßliche Zahnschmerzen.
»Warum gehst du nicht zu einem Zahnarzt?«
»Ich traue mich nicht.«
»Warum nicht?«
»Weil ich allen sieben Zahnärzten unserer Stadt ihre Steuerreklamationen abgelehnt habe.«

Schwächen sind menschlich

Jeder Mensch hat seine kleinen Schwächen. Fritz beispielsweise ist mimosenhaft empfindlich. Nicht etwa, daß er beleidigt wäre, aber er fürchtet stets, der andere ist beleidigt. Und dann sucht er und sucht er nach einem Grund. Manchmal findet er ihn auch.
Jüngst begegnete er seinem Hausarzt. Kaum sah er ihn, ging er schnell an ihm vorbei.
Der Hausarzt hielt ihn auf. »Haben Sie eigentlich etwas gegen mich, Herr Fritz?«
»Aber ich bitte Sie, Herr Doktor –«
»Immer, wenn ich Sie treffe, weichen Sie mir aus! Ich dachte schon, Sie sind mir böse.«
Fritz stotterte verlegen: »Und ich dachte immer, Sie sind mir böse.«
»Ich? Warum soll ich Ihnen denn böse sein?«
»Weil ich schon seit drei Jahren nicht krank war, Herr Doktor.«

Geschenk an meine Tochter

Eine meiner Töchter ließ sich sehr gehen. Just die mittelste, Karoline.

Erst ein paar Jahre glücklich verheiratet, mit einem prächtigen Mann, erfolgreich, jung, gescheit, gebaut wie ein Adonis, meine Tochter hätte also allen Grund gehabt, mit ihrem Schicksal zufrieden zu sein.

Sie war es sichtlich nicht. Mißgelaunt, übelgestimmt, vermufft und verbiestert, die Mundwinkel verkniffen, die Stirn voller Falten, die Nase voller Gram, das Haar ungebürstet und das Kleid von oben bis unten vom Kochen am Herd vollgespritzt, so traf ich meine Tochter Karoline nach Jahren wieder. Ihre Stimme klang gelangweilt, ihre Zunge gereizt, ihre Augen waren trüb, langsam die Handreichungen und kein Lächeln auf ihren Lippen.

Ich forschte nach. Sie hatte nicht den geringsten Grund, so auszusehen und mit so einem Gesicht herumzulaufen. Ich grübelte, wie ihr zu helfen sei.

Nachdem ich eine Woche bei ihr zu Gast gewesen war und sich nichts verändert hatte, überreichte ich ihr ein Gastgeschenk für die Woche ihrer Gastfreundschaft und fuhr nach Hause zurück.

Acht Tage später besuchte mich mein Schwiegersohn Jochen. »Hosianna, Vater!« rief er. »Karoline ist völlig verwandelt. Sie ist lustig, sie singt den ganzen Tag, ihre Augen strahlen, ihr Mund lacht, ihr Haar ist gebürstet, sie zieht sich wieder schön an – es ist eine wahre Wonne, mit Karoline verheiratet zu sein.«

»Ich hoffte es«, sagte ich.

»Hast du mit Karoline gesprochen?« fragte mein Schwiegersohn.

»Aber nein! Ich werde mich hüten, meine Tochter zu tadeln, wenn sie sowieso unguten Mutes ist.«

»Hast du ihr etwas versprochen, wenn sie sich ändert?«

»Nein.«

»Was dann?«

»Ich habe ihr etwas geschenkt.«

»Geld?«

»Wo werde ich? Ich habe selbst keines.«

»Ein Schmuckstück von Mutter?«

»Auch nicht.«

»Ein Abonnement auf den Friseur?«

»Keineswegs.«

»Vielleicht ein neues Kleid, das sie so verwandelt?«

»Keinesfalls. Auch das nicht.«

»Was dann?«

Ich sagte und hoffte, daß andere Ehemänner und Väter in gleicher Lage es mir nachtun: »Eine Kleinigkeit. Einen großen Kristallspiegel für das Vorzimmer, genau der Küche gegenüber, an dem sie täglich mehrmals vorbeigehen muß…«

Das Musikzimmer

Gelegentlich, als mein Hobby, verdinge ich mich als Innenarchitekt. Heute wird allerorts so viel gebaut, von Leuten, die Geld in Hülle, aber keinen Geschmack in Fülle haben, so daß es des Rates eines Innenarchitekten wohl bedarf.

Nebenan baute die Familie Müller ein Haus.

Sie heißen nicht Müller, ich nenne sie nur Müller. Denn dies ist leider eine wahre Geschichte, und ich möchte mich nicht bei der Nachbarschaft in die Brennesseln setzen. Familie Müller baute also ein Haus, mehr eine Villa, mit neun Zimmern, Ölheizung, Wintergarten, Hobbyraum, Sauna, Schwimmbad und allen Schikanen, wie man das heute so macht.

Als Frau Müller mit ihrem Anliegen, sie bei der Inneneinrichtung ihres Hauses zu beraten, zu mir kam, sagte sie: »Ich wünsche mir neben dem Speisezimmer einen Musiksalon.«

»Sind Sie musikalisch?«

»Hochmusikalisch. Ich kann ohne Musik nicht leben.«

Da ich wußte, daß Frau Müller zwei Töchter und einen Sohn hatte, lobte ich sie um dieser Zuneigung

zur Musik willen. Denn Hausmusik gehört noch immer zu den schönsten Lebensfreuden. Kleine Kammermusikabende am häuslichen Herd halten die Familie zusammen, ein Klavierkonzert von Chopin, auch wenn es die Hausfrau ohne Vollendung spielt, ist ebenso schön wie eine Violinserenade, wenn der Vater am Klavier sitzt und der Sohn die Geige streicht.

»Würden Sie mir also einen Musiksalon einrichten?« fragte sie mich.

Ich antwortete: »Mit Vergnügen, gnädige Frau.«

Ich tat, wie mir geheißen, und begutachtete den geplanten Raum, schrieb die Ausmaße nieder, die Lage der Fenster, die Höhe des Zimmers, die ja für die Akustik sehr wichtig ist, und machte mich ans Werk. Drei Tage später legte ich die Pläne vor. »Hier an diese Wand stellen wir am besten das Klavier, gnädige Frau«, sagte ich. »Es gibt heute herrliche Instrumente, die einen Konzertflügel voll ersetzen. Das Klavier ist und bleibt das Herz eines Musikzimmers, und alles andere gruppiert sich um das Klavier herum. In diesem Bord werden die Geigen und Bratschen verwahrt, die Baßgeigen und das Cello stellen wir am besten offen auf, denn es ist ja ein Musikzimmer und soll auch den Eindruck eines Musikzimmers erwecken. Aus diesem Grund habe ich auch hier offen die Flöten aufgestellt, die Fagotts, die Oboen, die Terzflöten und die Quartflöten. Daneben hängen das Waldhorn und die Trompeten. Die Notenpulte können wir dann in diese Ecke stellen, und eine kleine Bibliothek für die Noten wäre hier vorhanden. Wenn Sie feinsinnigerweise noch eine Harfe wünschen, gnädige Frau, oder einen Dudelsack, so wäre hier der geeignete Platz dazu.«

Frau Müller sah mich entsetzt an. »Sie haben mich offenbar völlig mißverstanden, mein Herr. Es soll ja ein Musikzimmer werden!«

»Ja«, sagte ich, »es ist ja auch eins. Was fehlt?«

Frau Müller schüttelte heftig den Kopf: »Ich will weder eine Harfe noch ein Klavier noch eine Baßgeige. Ein Musikzimmer, das bedeutet für mich: Radioapparat, Fernsehschrank, Farbfernseher natürlich, Tonbandgerät, Plattenspieler mit Stereo und eventuell eine Trommel, um den Rhythmus mitzuschlagen...«

Hugo Göppe hat sich im Leben nie vorn hingestellt. Hugo steht lieber in der zweiten Reihe und noch lieber in der dritten. Ganz hinten steht Hugo aber auch nicht gern. Denn es könnte sein – des Schicksals Wege sind oft sonderbar –, daß plötzlich kehrt kommandiert würde, und dann stünde Hugo ganz vorn. Und das will Hugo nicht, und das kann Hugo nicht, denn Hugo ist ein schüchterner Mensch, und die Zunge rührt sich nicht vom Fleck, wenn man ihm auf den Mund schaut.

Als Hugo dem kleinen Verein der Sonnenblumenzüchter von Sagan und Umgebung beitrat, ahnte er nicht, was ihm beschieden sei. Er ahnte es auch dann noch nicht, als er in der Reihe der Mitglieder vom Schriftführer zum Kassierer aufrückte und damit die Würde des stellvertretenden Vorsitzenden übernahm. Dann aber folgte Schlag auf Schlag. Eine Neuzüchtung, die grüne Sonnenrose, erregte allgemeines Aufsehen. Man schrieb in Fachblättern über sie, die Sonnenrosenfreunde der ganzen Erde kamen nach Sagan, der kleine Verein wurde weltberühmt,

und zum Überfluß starb der erste Vorsitzende an dem Tag, als die Einladungen zu einer Festwoche der Sonnenrose in Sagan bereits in die Welt gegangen waren. Und Hugo Göppe, der bescheidene Mann im Hintergrund stand plötzlich über Nacht im Vordergrund, und an ihm war es jetzt, zur Eröffnung des Festes von hoher Tribüne herab mit einer feierlichen Rede die Gäste zu begrüßen.
Noch nie hatte Hugo öffentlich gesprochen. Noch nie war seine Stimme weiter gedrungen als bis zu dem Menschen, der gerade vor ihm stand. Und einer Rede Sinn zu fassen oder dem Sinn Worte und den Worten Kraft zu geben dünkte ihm eine Ungeheuerlichkeit. Dennoch, es blieb ihm nichts anderes übrig, und als er am Freitag die hohe Tribüne betrat, stand hinter ihm einer, wohlverdeckt durch Girlanden und Tannenreisig, der eine vom Lehrer des Ortes verfaßte Rede ablas und Hugo zuflüsterte und einsagte.
»Meine Damen und Herren! Liebe Festgäste!« begann er.
Hugo schluckte zweimal und begann ebenfalls: »Meine Damen und Herren! Liebe Festgäste!«
»Es ist mir eine große Freude und Ehre –«
»Es ist mir eine große Freude und Ehre –«, wiederholte Hugo.
»– Sie heute in unserer schönen Stadt –«
»– Sie heute in unserer schönen Stadt –«

»– begrüßen zu dürfen.«
»– begrüßen zu dürfen.«
Es ging ausgezeichnet. Es ging sogar ganz ausgezeichnet. Hugo hatte schon den Kopf gehoben und die anfangs ängstlich geschlossenen Augen aufgemacht und traute sich, in die Menge zu schauen. Ja, jetzt hob er sogar die Hand und begleitete die Worte, die man ihm einsagte, mit einer entsprechenden Gebärde.
»Vergessen wir aber nicht über den zahlreichen Veranstaltungen und Festbällen –«
»Vergessen wir aber nicht über den zahlreichen Veranstaltungen und – und –«
»Festbällen!« flüsterte der Versteckte.
Hugo war festgefahren. Er wiederholte: »Vergessen wir aber nicht über den zahlreichen Veranstaltungen und – und – und –«
»Bällen! Bällen!«
Hugo sah sich ratlos um. Das konnte doch nicht stimmen! Das konnte doch unmöglich stimmen! Er lauschte. Aber immer wieder kam es: »Bällen! Bällen!«
»Wie?« rief Hugo jetzt verzweifelt nach hinten.
»Bällen!«
Da blieb Hugo nichts anderes übrig, als zu tun, wie ihm geheißen. Er verstand zwar nicht, warum. Aber er gehorchte. Und laut und vernehmlich begann er: »Wau! Wauwau! Wauwauwauwau! Wauwau!«

Otto schrieb seine Memoiren. Freund Freitag trat hinzu. »Ich kann dir dabei helfen, Otto!«
»Was weißt du von meinem Leben?«
»Immerhin gewisse Daten!«
»Welche?«
»Zum Beispiel den 13. Februar 1962.«
»Was war da?«
»Da habe ich dir zehn Mark geborgt, die du mir bis heute noch nicht zurückgegeben hast.«

Der neue Leiter der Austria-Bank legte Wert darauf, die alten und guten Bankkunden persönlich kennenzulernen. Als er Peter Bolz vorgestellt wurde –
»Wir kennen uns doch?« sagte Peter Bolz überrascht.
»Wir?«
»Natürlich.«
»Ich hatte noch nicht das Vergnügen.«
»Aber gewiß, lieber Herr! Ich kenne sogar Ihre Gattin.«
»Meine Frau?«
»Haben Sie nicht vor zehn Jahren im ›Wiesbadener Hof‹ in Köln gewohnt?«
»Das schon. Aber –« Der Leiter der Austria-Bank dachte eifrig nach. Er bemühte sich vergebens. »Und dort haben wir uns kennengelernt?« fragte er unsicher.

»Ja.«
»Es tut mir sehr leid, aber –«
»Ich will es Ihnen leichter machen«, sagte der Mann mit dem großen Guthaben. »Entsinnen Sie sich noch des Vorfalls bei Ihrer Abreise?«
»Ein Vorfall?«
»Sie wollten abreisen. Ihre Gattin packte die Koffer. Plötzlich vermißte sie ein Paar Schuhe.«
»Richtig! Jetzt entsinne ich mich.«
»Sie läuteten dem Hausdiener«, fuhr der andere fort, »Sie fragten nach den Schuhen Ihrer Frau. Der Hausdiener bedauerte, nichts davon zu wissen. Nur ein Paar Kinderschuhe wären gefunden worden, die seltsamerweise Ihre Zimmernummer trügen. Ihre Gattin wollte die Schuhe sehen. Der Hausdiener erklärte, so einen kleinen Fuß könne niemals eine Frau haben. Aber er brachte die Schuhe. Und siehe, es waren die Schuhe Ihrer Frau. Ihre Frau errötete vor Eitelkeit und Stolz, Sie gaben dem Hausdiener geschmeichelt ein großes Trinkgeld, und Ihre Frau drückte ihm auch noch heimlich fünf Mark in die Hand.«
Der Bankdirektor nickte lachend. »Stimmt! Aber woher wissen Sie das alles so genau? Waren Sie unser Zimmernachbar?«
»Keineswegs.«
»Sondern?«
»Ich war der Hausdiener.«

»Der Hausdiener?«

»Ich habe mir ein großes Vermögen mit dem Einfall gemacht«, fuhr Peter Bolz fröhlich fort, »denn genau, wie Sie mir ein hohes und doppeltes Trinkgeld gaben, geschah es in allen anderen Zimmern. Denn den Trick mit den Kinderschuhen machte ich bei jeder Abreise und in allen Zimmern. Und je größer und gröber die Füße der Ehefrauen, desto höher war das Trinkgeld der Eitelkeit. Ich habe mich jetzt zur Ruhe gesetzt.«

Der Geprellte lachte belustigt: »Die armen Frauen! Sie werden jetzt in dem Hotel keine Freude mehr erleben!«

Der Hausdiener schüttelte den Kopf: »Warum nicht? Ich habe den Einfall meiner Tochter, die gestern den neuen Hausdiener des Hotels geheiratet hat, als Mitgift gegeben.«

Glückliche Reise …

Mein Freund Hugo wollte vorigen Sommer auch einmal verreisen. Aber wohin mit dem Überschuß an freier Zeit? In die Berge? Ans Meer? In die Heide? Wo sollte er seine sehnsüchtig erwarteten Ferien verbringen? Auf meinen Rat ging er in ein Reisebüro. Hundert Bäderprospekte, tausend Sommerplakate lockten. Hugo betrachtete alles genau, dann wählte er Kampen auf Sylt. Und fuhr los.
Nach zwei Wochen kam er empört zurück. Wütend lief er zum Reisebüro. »Schwindler! Betrüger! Bauernfänger!«
»Erlauben Sie!«
»Gauner! Beutelschneider!«
»Was haben Sie denn?«
Hugo deutete zornbebend auf das Plakat: »Das Plakat lügt! Das blonde Mädchen auf dem Plakat war gar nicht in Kampen!«

Meine Frau und ich sind unzertrennlich. Immer sind wir beieinander, obwohl wir schon gute zwanzig Jahre miteinander verheiratet sind. Wer uns kennt, weiß davon ein Lied zu singen.

Eines Tages mußte meine Frau aus Familiengründen allein verreisen. Ich brachte sie in Wien zum Bahnhof, auf den Bahnsteig, zum Zug. Immer wieder umarmten wir uns, und als der Zug die Halle verließ, stand ich traurig da und sah betrübt dem Zug nach. Da hörte ich plötzlich hinter mir die Stimme des Gepäckträgers.
»Das Fräulein Braut weggefahren?«
»Nein. Meine Frau.«
Er klopfte mir beruhigend auf die Schulter. »Na, dann geht's ja noch«, sagte er.

In unserer kleinen Stadt wohnt ein gewisses Fräulein Fürchterlich. Sie heißt nicht nur so, sie ist auch so. Hinter Männern ist sie her wie der Teufel. Auch auf mich hatte sie es abgesehen, obwohl es gerade in unserer kleinen Gemeinde ein beliebtes Tischgespräch war, wie glücklich ich verheiratet bin. Eines Tages ging ich zum Bahnhof. Wer stand am Bahnsteig? Bunt wie ein Papagei und girrend wie eine Taube? Unser Fräulein Fürchterlich!
Behende lief sie auf mich zu. »Wie reizend! Welche Überraschung! Fahren wir zusammen?«
Ich antwortete: »Ich bin schon zusammengefahren, als ich Sie gesehen habe, Fräulein!«

Ich kam auf einen kleinen Bahnhof und ging zum Buchkiosk. »Haben Sie etwas Unterhaltendes für die Reise?« fragte ich.
Die reizende junge Verkäuferin schlug die Augen nieder und flüsterte verheißungsvoll: »Nur mich, mein Herr!«

Willi fuhr nach Tegernsee.
Willis Frau packte Willi eine Flasche Kognak ein. »Versprich mir, ihn nicht vor München zu trinken!«
»Ich verspreche es.«
»Ich glaube dir, Willi.«
Willi fährt ab und winkt noch einmal der Frau am Bahnsteig. Dann dreht er sich um, öffnet den Koffer und greift nach der Kognakflasche. Schon holt er den Korkenzieher aus der Tasche. Schon wickelt er die Flasche aus dem Papier. Da fällt ein Zettel heraus. Mit der Schrift seiner Frau.
Und Willi liest: »Willi! Willi! Was hast du mir vor fünf Minuten versprochen? Wo bist du, und wo ist München?«

Meine Frau und ich machten eine südliche Reise. In einem kleinen Gasthof Tirols, wo wir uns einmieteten, saßen jeden Abend zwei Männer an einem

Tisch und stritten sich regelmäßig. Schimpfworte flogen, Fäuste krachten auf den Tisch. Ich winkte dem Wirt. »Was haben denn die beiden?«

»Ach, sie streiten sich jeden Tag.«

»Schon lange?«

»Seit vier Jahren.«

»Worüber?«

Der Wirt erzählte: »Vor vier Jahren haben die zwei einmal zusammen Karten gespielt. Seitdem streiten sich sich, ob der eine damals richtig ausgespielt und der andere gut nachgespielt hat.«

Am nächsten Abend saß ein Einheimischer mitten in der Gaststube und schimpfte, was das Zeug hielt. »Immer diese Fremden!« schrie er. »Sie sitzen an den besten Tischen, sie saufen unsere guten Weine, sie rauchen uns die Virginias weg, und jetzt ham s' mir die letzte Kalbshaxen aa noch weggefressen! Aber das ane sag' i dir, Feichtenwirt, zuerst kimmen immer noch wir, die Einheimischen!«
Ich getraute mich kaum zu kauen. »Wer ist denn der seltsame Mensch, Herr Wirt?«
Der Wirt flüsterte: »Das ist unser Vorstand vom Fremdenverkehrsverein.«

Ferien an der Nordsee

»Und unsere Ferienreise?«
»Wir fahren an die Nordsee.«
Johannes sagte es so selbstverständlich, als ob er die Tasche voll Geld und seinen Wohnsitz nur wenige Kilometer von Aurich gehabt hätte. Er hatte indessen weder das eine noch das andere.
»Zur Nordsee, Johannes?« fragte Kitty.
»Zur Nordsee, Kitty!«
»Du bist ein Verrückter, Johannes! Bedenke die Reisekosten! Die Eisenbahn ist sündteuer!«
»Du glaubst immer noch an die Eisenbahn wie Kinder an den Storch. Moderne Menschen reisen im Auto!«
»Dazu müssen moderne Menschen erst ein Auto haben.«
»Es genügt, wenn andere Leute ein Auto haben. Man stellt sich einfach auf die Landstraße, winkt einem Wagen. Der Wagen hält, man steigt ein und kommt ohne einen Pfennig Geld dorthin, wohin man will.«
»So willst du mit mir zur Nordsee?«
Johannes nickte: »Ja, so fahren wir zur Nordsee.«

An einem sonnigen Tag standen Kitty und Johannes bei Alfeld auf der Landstraße. Sie hatten jeder einen kleinen Koffer bei sich und winkten den Wagen. Kitty hatte sich besonders hübsch gemacht, und Johannes setzte ein Gesicht auf, als hätte er mindestens zwölf Semester studiert.
Der dritte Wagen hielt. Ein junges Ehepaar saß darin, nicht viel älter als Kitty und Johannes, das ebenfalls – welch glücklicher Zufall! – über die Ferien an die Nordsee wollte. »Steigt ein, Freunde!« rief der Fahrer fröhlich. »Wir suchen nette Menschen, die zu uns passen. Wenn es euch angenehm ist, machen wir einen kleinen Umweg über Cloppenburg und übernachten dort.«
Es war Kitty und Johannes angenehm.
Die Fahrt verlief in fröhlicher Harmonie, sie fühlten sich als willkommene Autogäste, und als sie am Nachmittag in dem Städtchen ankamen, stieg man in einem kleinen, aber vorzüglichen Hotel ab, aß gemeinsam zu Abend, trank ein paar Flaschen Wein und trennte sich erst spät in der Nacht.

»Unsere Rechnungen schreiben Sie auf die Zimmerrechnung und am besten zusammen«, sagte der Mann mit dem Wagen zum Wirt und wandte sich an Johannes: »Ich hoffe, Sie sind einverstanden?«
»O bitte, bitte«, sagte Johannes nur. Unter dem Tisch drückte er Kitty vergnügt die Hand. Diese Noblesse hatte er wirklich nicht erwartet, und Kitty

holte zum Dank für ihre neuen Freunde ihr charmantestes Lächeln aus dem großen Vorrat, den jede Frau besitzt, und sagte ein wenig geniert: »Eigentlich – Sie haben so viel für uns getan...«
Der Mann mit dem Wagen küßte ihr die Hand: »Es ist uns eine Freude...«

Am nächsten Morgen – Kitty und Johannes hatten ein wenig verschlafen, und die Sonne stand schon hoch am Himmel – klopfte es an die Tür.
»Ja?« rief Johannes.
Der Kellner trat ins Zimmer. »Hier ist die Rechnung, mein Herr.«
Johannes war mit einem Schlag hellwach. »Das muß ein Irrtum sein!« stieß er hervor. »Wir haben gestern mit dem Wirt vereinbart, daß die Rechnung mit der unserer Freunde zusammengeschrieben wird.«
»Dies ist auch geschehen«, sagte der Kellner, »und zwar, wie die anderen Gäste heute früh bei ihrer Abreise angaben, auf Ihren Namen, mein Herr. Sie lassen noch herzlich grüßen und haben diesen Brief für Sie hinterlassen.«
Johannes riß dem Kellner den Brief aus der Hand. »Liebe Freunde!« las er. »Verzeiht, leider konnten wir aus guten Gründen Euer Erwachen nicht abwarten. Es ist nämlich so: Wir haben ein Auto, aber kein

Geld für unsere Ferienreisen. Und so nehmen wir gern Menschen ein Stück mit, die Geld für eine Reise haben, aber kein Auto. Wie Euch nun die Fahrt nichts kostet, so kostet uns auf diese Weise das Hotel nichts. In diesen Zeiten muß jeder so reisen, wie er kann. Darum danken wir Euch für Eure Gastfreundschaft im Hotel und bitten Euch, nicht allzu sehr auf uns zu schimpfen. Wir sind genauso arme Teufel wie ihr, und man bekommt im Leben nichts geschenkt, auch wenn es manchmal zuerst den Anschein hat... Frohe Ferien! – Eure Freunde mit dem Wagen...«

Auf des Berges Gipfel lag das Berghotel. Hier blieben wir drei Tage. Am Morgen der Abreise strahlte die Sonne. Unter uns zog der weiße Nebel in schmalen Schwaden.

Meine Frau war glücklich. »Und da drüben, Paul! Schau! Direkt neben dem Hotel! Dieser lange, weiße Streifen, der direkt auf uns zukommt! Ist das auch Nebel?«

Ich seufzte: »Nein, das ist kein Nebel, Luise! Das ist unsere Hotelrechnung, die ich soeben vom Wirt verlangt habe.«

Hinter Innsbruck stand ein Schillerdenkmal. Es stand in einem herrlichen grünen Hain, denn man hatte hundert blühende Linden darum gepflanzt. Ein wahres Ehrenmal für einen Dichter!
»Von wem stammt die schöne Idee?« fragte ich.
Ein Einheimischer stolz: »Von unserm Herrn Hauptlehrer! Der hält nämlich Bienen.«

Ehrlich währt am längsten

Ein Schirm ist ein praktischer Gegenstand. Mit einem Schirm kann man tausend Dinge machen. Man kann einen Schirm daheim lassen oder ihn unter den Arm klemmen, man kann einen Schirm aufspannen oder als Spazierstock verwenden, man kann einen Schirm als Geburtstagsgeschenk verschenken oder ihn sich als Geburtstagsgeschenk schenken lassen, man kann einen Schirm irgendwo stehen lassen oder irgendwo mitnehmen.
Bruno nahm einen Schirm mit. Aus einem Kaffeehaus. Der Schirm war nicht sein Schirm. Aber Bruno wußte das nicht. Vielmehr, er dachte nicht daran. Er nahm den fremden Schirm ganz aus Versehen mit. Weil es draußen regnete. Und weil er annahm, daß er mit einem Schirm in das Café gekommen wäre. Was aber nicht der Fall war. Bruno marschierte also mit dem fremden Schirm aus dem Café.
Plötzlich klopfte ihm einer auf die Schulter. »Sie erlauben schon –«
»Bitte?«
»Sie haben meinen Schirm mitgenommen!«
»Ihren Schirm?«
»Keine Geschichten! Sonst rufe ich die Polizei!«

Bruno schaute den fremden Herrn an, Bruno schaute seinen Schirm an. Und erschrak. Das war wirklich nicht sein Schirm, das war wirklich ein fremder Schirm. Bruno befand sich in peinlicher Verlegenheit. »Verzeihen Sie vielmals – es war wirklich nicht meine Absicht – hier ist Ihr Schirm – es war wirklich nur ein Versehen –«
Der fremde Herr glaubte kein Wort. »Schon gut«, sagte er. »Hauptsache, daß ich meinen Schirm bekomme!«

Bruno traf seine drei Freunde. Bruno erzählte ihnen betroffen sein Erlebnis. Die Freunde lachten. Dabei dachten sie plötzlich an ihre eigenen Schirme. Sie waren mit Schirmen von daheim weg, jetzt regnete es nicht mehr, und sie wollten ins Theater. Im Theater aber kostet jeder Schirm Garderobegebühr.
»Lieber Bruno«, baten sie, »du kannst uns einen großen Gefallen erweisen. Du gehst ja jetzt nach Hause. Nimm, bitte, unsere drei Schirme mit. Willst du so nett sein?«
Bruno will es. Er nimmt die drei Schirme und besteigt die Straßenbahn.

In der Straßenbahn sitzt Bruno. Mit den drei Schirmen im Arm. Plötzlich steigt ein Herr ein. Setzt sich Bruno gegenüber. Es ist der Herr aus dem Kaffeehaus, der Herr mit dem Schirm. Bruno wird puterrot.
Über das Gesicht des Herrn geht ein Schmunzeln. Er beugt sich vor, zeigt auf die drei Schirme in Brunos Arm und sagt: »Na also – wie ich sehe, hat sich die Sache für Sie doch noch gelohnt!«

Wer den Goldfisch nicht ehrt, ist den Karpfen blau nicht wert. Und ein dummer Goldfisch im Glas ist besser als ein lebender Aal unter der Bettdecke. Darum haben auch so viele Familien einen Gold-

fisch in der Wohnung. Dort schwimmt er in einem runden Glas herum, den ganzen Tag immer herum, nichts als herum, einmal so herum und einmal so herum. Aber wenn dann die Tante Anna zum Glas tritt und ruft: »Putt, putt«, dann läßt er sich nicht zweimal rufen und kommt schnell geschwommen, die leckeren Ameiseneier in Empfang zu nehmen.
So leicht macht es ihm Tante Anna wiederum nicht. Sie nimmt ein Ameisenei zwischen die spitzen Finger, hält es zwei Zentimeter über die Wasseroberfläche und fragt: »Wie sagt ein braver Goldfisch? Wie macht ein braver Goldfisch?« Daraufhin macht der brave Goldfisch Wauwau, und dann bekommt er sein Eilein.
Tante Anna findet es sogar entzückend. Sie ist ganz verliebt in ihren kleinen Goldfisch; der Goldfisch ist ihr ganzes Umundauf, ihr ganzes Habchenbabchen, wenn sie den Goldfisch nicht hätte, dann brauchte sie gar nicht mehr zu leben, so ein goldiger Kerl ist er, so treu und so anhänglich und so gar nicht tückisch, immer vergnügt, nie schlechter Laune, kurz, Tante Anna hängt an dem kleinen Tier mit ihrem ganzen großen Herzen.
Eines Tages war der Goldfisch krank. Er hatte zwar kein Fieber, auch hustete er nicht gerade, aber er war schrecklich blaß, und es schien ihm gar nicht gut zu gehen. Tante Anna saß betrübt vorm Glas und sah den Goldfisch an, und der Goldfisch schwamm be-

trübt im Glas und sah die Tante Anna an. Davon aber wurde dem Goldfisch auch nicht besser. Er legte sich einmal auf die linke, dann auf die rechte Seite, er wackelte nur noch ein wenig mit dem Schwanz, ganz traurig, es war kein frohes Plätschern mehr.

Da gab sich Tante Anna kurz entschlossen einen Ruck, setzte ihren Hut mit dem Kolibri auf, nahm den Goldfisch mitsamt seinem Glas unter dem Arm und ging zu Bruno Lecks.

Bruno Lecks wohnte gar nicht weit. Bruno Lecks wohnte gleich um die Ecke und genoß den Ruf, jeden kranken Goldfisch innerhalb von zwei Tagen heilen zu können. Es waren schon viele Goldfische zu ihm gekommen, goldrote, goldbraune, auch gefleckte und silberweiße, Weibchen mit Vertiefungen und Männchen mit Erhöhungen, nackte Goldfische und solche mit Schleiern, Teleskopfische und Teleskopschleierschwanzgoldfische. Und alle hatte Bruno Lecks zurückgegeben, pudelgesund, mochten sie auch vorher noch so krank gewesen sein, mochten sie noch so matt ihre Kreise gezogen haben. Auch Tante Anna bekam ihren Goldfisch nach zwei Tagen gesund zurück. Sie war glücklich, sie war selig, als sie den Goldfisch wieder gesund im Glas herumschwimmen sah und er ihrem vertrauten Gesicht entgegenschwamm.

»Da bist du ja wieder, mein Sonnenschein!« klopfte

sie zärtlich gegen das Glas. »Hat der Onkel Doktor dein Wehwehchen geheilt? Hast du Sehnsucht nach deiner guten Mutti gehabt?«

Bruno Lecks legte ungerührt seine Honorarnote neben das Glas. »Zwanzig Mark«, stand darauf.

Tante Anna zahlte anstandslos.

»Sag mal, Bruno, seit wann verstehst du eigentlich etwas von Goldfischen?« fragte man Bruno eines Tages.

»Ich verstehe nicht das Geringste von Goldfischen!«

»Wie machst du es dann?«

Bruno Lecks lachte vergnügt und gestand: »Ich werfe den alten Goldfisch weg und kaufe für eine Mark einen neuen.«

Die guten Dinge der Erde fallen uns vom Himmel in den Schoß. Man muß nur das Tuch seines Witzes aufspannen, sie aufzufangen. Sich die Freuden des Alltags zu kaufen, sie mit schäbigem Geld zu erstehen macht die kostbarsten Speisen würzelos. Nicht, daß ich euch nun raten möchte: Klaut Brillanten, wo ihr sie findet, und nehmt die Gans unter den Arm, wo sie euch zur Hand kommt! Aber es gibt Dinge, die mit List gewonnen, mit Schmunzeln genossen werden.

So geht es mit den Zigarren. Zigarren kann man an

jeder Straßenecke kaufen. Sie sind langweilig zu rauchen.
Hallermeier hingegen raucht Zigarren. Er raucht die besten Sorten der Welt, er raucht sie schmunzelnd und vergnügt. Aber er kauft sie nicht, er läßt sie sich auch nicht schenken, man gibt sie ihm. Und wenn Hallermeier einmal Lust auf eine gute Zigarre hat – Hallermeier geht in ein großes Hotel. Er setzt sich in die Halle und studiert die Gäste. Er schaut nur die Männer an. Dort, wo der Bauch am dicksten ist, verweilt sein Blick am liebsten. Und wenn der Mann noch gar eine goldene Uhrkette trägt oder vor Wohlleben leise schnauft, dann erhebt sich Hallermeier, geht zum Portier des Hotels und fragt: »Ist der Herr dort nicht Doktor Faßl aus Frankfurt?«
Der Portier schüttelt den Kopf: »Sie irren sich, mein Herr. Das ist der Generalkonsul Schöttler aus Schöneberg.«
»Generalkonsul Schöttler?«
»Ja, mein Herr.«
Hallermeier schreitet langsam zum Zigarrenstand. Er braucht nicht die Preistafel, um die beste Zigarre sofort zu erkennen. Mit sicherer Hand deutet er auf die Kiste. »Generalkonsul Schöttler bittet Sie«, sagt er, »sofort fünfzig Importen Brasiliana auf sein Zimmer zu schicken.«
»Wird sogleich besorgt«, erwiderte der Zigarrenmann.

Und während sich Hallermeier langsam abwendet, ruft der Verkäufer den Pagen vom Fahrstuhl herüber: »Bring dieses Kistchen auf Zimmer zweiundzwanzig zum Generalkonsul Schöttler! Aber schnell!«
Hallermeier schlendert in die Halle zurück. Vor dem Dicken im breiten Sessel bleibt er stehen. »Herr Generalkonsul?«
»Sie wünschen?«
»Gestatten Sie bitte – ich bin der Vertreter der Importzigarren Brasiliana. Ich möchte Ihnen gern ein vorteilhaftes Angebot in unseren Zigarren unterbreiten.«
»Danke. Kein Bedarf.«
Hallermeier reibt sich verzweifelt die Hände. »O wie peinlich! Ihre Ablehnung ist mir doppelt unangenehm, weil ich bereits in der festen Annahme, daß Sie mir etwas abkaufen werden, fünfzig Zigarren in Ihr Hotelzimmer gestellt habe.«
»Was haben Sie? In mein Zimmer?«
»Ja. In Zimmer zweiundzwanzig.«
»Das ist der Gipfel der Frechheit!«
»Aber –«
Der Dicke ist aufgesprungen und zerrt Hallermeier am Arm hinter sich her. »Sofort kommen Sie mit und holen sich Ihre Zigarren!« zischt er.
Hallermeier muß die Stiegen mit hinauf. Hallermeier muß den rechten Gang mit hinunter. Nicht

eine Minute läßt ihn der Dicke los. Er stößt die Tür zu seinem Zimmer auf. Auf dem Tisch steht tatsächlich eine Kiste Zigarren.
»Da – los – nehmen Sie die Zigarren und lassen Sie sich hier nicht wieder blicken!«
»Gestatten Sie –«
»Keine Widerrede! Hier sind Ihre Zigarren!«
Da verbeugt sich Hallermeier demütig und sagt: »Wie Sie wünschen, Herr Generalkonsul.«
Und mit fünfzig Importen, das Stück zu vier Mark, verläßt Hallermeier das Hotel. Ich sagte ja schon, die guten Dinge der Erde fallen uns vom Himmel in den Schoß. Spannt Tücher!

Diese Geschichte beruht bei Gott nicht auf einer wahren Begebenheit. Denn sonst wären mir alle guten Schneider böse. Sie ist nicht vorgekommen und kann gar nicht vorkommen. Aber lustig ist sie trotzdem, verzeiht mir darum den Scherz dieses kleinen Märchens!
Willi Wenker machte einen Gelegenheitskauf. Es waren drei Meter Stoff, und sie kosteten genau dreißig Mark. Der Stoff gefiel Willi, das Muster gefiel Willi, der Preis gefiel Willi. Also kaufte sich Willi Wenker den Stoff.
Willi Wenker trug den Stoff zum Schneider Schneider.

»Können Sie mir daraus einen Anzug machen, Meister?«
»Wieviel Meter?«
»Drei Meter.«
»Wie breit?«
»Hundertsechzig.«
Der Schneider rechnet und rechnet. Er rechnet hin, er rechnet her. Dann sagt er: »Es geht nicht. Beim besten Willen nicht. Es tut mir leid.«
Willi Wenker trägt den Stoff zum Schneider Böhm.
»Können Sie daraus einen Anzug machen, Meister?«
»Wieviel Meter?«
»Drei Meter.«
»Wie breit?«
»Hundertsechzig.«
Der Schneider rechnet und rechnet. Er rechnet hin, er rechnet her.
Dann sagt er: »Es geht. Ich muß zwar sehr einteilen. Aber es geht.«
Willi Wenker bekommt den Anzug. Der Anzug paßt. Er ist zwar oben, unten, hinten und vorn etwas knapp, aber er paßt.
Plötzlich kommt der Junge des Schneiders gelaufen. Willi guckt einmal, Willi guckt zweimal, dann sagt er erstaunt: »Nanu? Der Junge hat ja eine Hose von meinem Stoff?«
Der Schneider nickt, ein wenig verlegen. »Aus den

Abfällen, lieber Herr! Nur aus den Abfällen! Beim Zuschneiden ist etwas übrig geblieben, und daraus habe ich die Hose gemacht.«
Willi Wenker ist nicht böse. Nur etwas verwundert ist er.
»Eine Frage, lieber Meister«, sagt er. »Bevor ich zu Ihnen kam, war ich erst beim Schneider Schneider. Er hat gesagt, von drei Metern könne er mir keinen Anzug machen. Und Sie haben noch eine Hose für Ihren Jungen herausgeschnitten?«
»Schneider Schneider kann das auch nicht.«
»Warum nicht?«
»Ganz einfach: Sein Junge ist vier Jahre älter als meiner. Bei ihm brauchen Sie zu einem Anzug drei Meter dreißig.«

Styx hat seinen Stock verloren. Es war ein schöner Stock mit einem Goldknopf. Tage vergingen. Schon hatte Styx seinen Stock aufgegeben, da kam der ehrliche Finder.
»Ich habe Ihren Stock gefunden, Herr.«
Styx steht gerührt vor so viel Ehrlichkeit. Er klopft dem Finder auf den Rücken: »Es gibt doch noch ehrliche Menschen! Sie sollen belohnt werden. Ich schenke Ihnen den Stock.«
»Wie, bitte?«
»Ich schenke Ihnen den Stock. Er ist zwar unten et-

was beschädigt, aber den Goldknopf wird Ihnen jeder Händler gern abkaufen.«

Meint der ehrliche Finder: »Eben nicht. Ich war schon bei einigen.«

In den böhmischen Wäldern lebte ein Räuber. Franzl Havlicek hieß er. Wir kannten uns gut aus der Zeit, wo er noch an der Rotenturmstraße in Wien eine Bank hatte. Das war in den zwanziger Jahren. Jetzt also lebte er in den böhmischen Wäldern als Straßenräuber und erzielte – vor allem im Sommer – gute Einnahmen.

»Da müssen Sie aber mächtig auf dem Zeug sein, Franzl?«

»Weniger. Ich schlafe den ganzen Tag im Wald.«

»Woher wissen Sie dann, daß Spaziergänger unterwegs sind?«

Der Räuber schmunzelte: »Ich habe unweit von meinem Standort eine Tafel angebracht mit der Inschrift: ›Hier herrliches Echo!‹«

Kindlich trifft's am besten

Ich setzte Narzissen im Garten. Mit Mühe grub ich sie in die Erde. Christinchen stand hinter einem Strauch und sah mir zu. Endlich war die Arbeit beendet. Ich gönnte mir eine Kaffeepause.
Zehn Minuten später kam Christinchen. Ihr kleines Schürzchen war schwer angefüllt. Sie jubelte. »Ich habe sie, Papa, ich habe sie!«
»Was denn?«
»Die Zwiebeln, die du vor mir in der Erde versteckt hast!«

Der kleine Franzl war beim Onkel Doktor gewesen.
»Wie war es, Franzl?« fragte der Vater.
Der Fünfjährige strahlte: »Fein, Papa! Der Doktor hat die ganze Zeit mit meinem Bauch telefoniert.«

Wir halten uns Hühner. Gestern hat der Fuchs eine Henne geholt. Die Henne war wieder einmal durch den Zaun gekrochen und in den nahen Wald gelaufen. Dort hatte sie dann der Fuchs erwischt.

Die Mutter benützte die gute Gelegenheit. »Siehst du, Liesel«, sagte sie, »der Fuchs hat die Henne gefressen, weil sie nicht brav war.«
Liesel dachte eine Weile nach. Dann fragte sie: »Nicht wahr, Mutti, wenn sie brav gewesen wäre, hätten wir sie gegessen?«

Sonntags ging die Familie in den Zoo. Vor dem Brummbären blieb sie stehen.
Grimmig trottete der alte Bär auf und ab.
Fragte Friederl, das Kind: »Du, Mama, warum macht der Bär so ein Gesicht wie Papa, wenn du Wirtschaftsgeld von ihm verlangst?«

Der Lehrer bewies, daß die Erde rund sei. Er führte die Schüler in den Schulhof. »Wenn ich hier ein Loch in die Erde grabe, wo würde ich dann wohl herauskommen?«
Ein Schüler rief: »Wahrscheinlich wieder aus diesem Loch, Herr Lehrer.«

Unser Mümmchen hat einen weiten Schulweg. Gestern kam sie spät aus der Schule heim. Sie trug einen total zerfetzten und beschmutzten Mantel.
Meine Frau war außer sich. »Was soll denn der Ober-

lehrer Freudinger von dir denken? Wie oft habe ich dir gesagt, du sollst nicht in dem alten Mantel in die Schule gehen, sondern den neuen anziehen?«
Mümmchen strahlte: »Aber Mama, das ist doch mein neuer Mantel!«

Mümmchen stand im Garten.
Da entdeckte sie einen Igel. Aufgeregt rief sie: »Schau, Mutti – da – ein Kaktus, der läuft!«

Peterchen war beim Zahnarzt gewesen.
Es war der erste schwere Gang in seinem Kinderleben.
Die besorgte Mutter fragte: »Tut dein Zahn noch weh, Peterchen?«
Peterchen antwortete: »Ich weiß nicht, Mutti. Der Zahnarzt hat ihn dort behalten.«

Kinder stritten sich.
Der eine Junge lief trotzig davon.
Der andere blieb zurück und weinte bitterlich.
»Wein doch nicht, Willi! Du wirst schon wieder einen anderen Freund bekommen!«
Willi weinte immer lauter: »So einen nicht! Sein Vater war Konditor!«

Wir hatten ein neues Mädchen. Minna hieß sie. Rosi hatte lebhaftes Interesse für die neue Minna. Rosi wich nicht aus der Küche. »Mutti, wo ist Minna her?«

»Aus Meißen.«

»Wo unser Porzellan her ist?«

»Ja, Rosi.«

Rosi geht mißtrauisch um Minna herum.

»Mutti, woher weißt du, daß Minna aus Meißen ist?«

»Sie hat es mir gesagt.«

»Mutti, Minna hat gelogen.«

»Warum denn?«

»Sie ist gar nicht aus Meißen.«

»Warum nicht?«

»Sie hat doch keine zwei Schwerter auf der Rückseite.«

Großmutter war gestorben.

Das Enkelkind war traurig.

»Großmutter ist jetzt im Himmel«, tröstet der Vater das Kind, »sie sieht jetzt von oben auf dich herab!«

»Sie kann mich nicht sehen!« weinte das Kind verzweifelt.

»Warum denn nicht?«

»Sie hat doch ihre Brille hier unten liegen gelassen!«

Mümmchen wollte nicht einschlafen.
Der Vater setzte sich an ihr kleines Bett. »Ich werde dir jetzt ein schönes Märchen erzählen, bis du schläfst.«
»Aber ein langes Märchen, Papa!«
»Ja, ein langes Märchen.«
Und der Vater erzählte ein langes Märchen. Er erzählte eine Stunde, er erzählte zwei Stunden. Plötzlich wird alles still. Die Mutter im Nebenzimmer atmet erleichtert auf. Die Tür des Kinderzimmers öffnet sich leise.
»Endlich eingeschlafen?« fragt die Mutter.
Es ist aber nicht der Vater, es ist Mümmchen, das im weißen Nachthemdchen in der Tür steht und nickt: »Ja, Mutti – endlich ist Papa eingeschlafen.«

Der Lehrer ging während der Pause über den Schulhof. Ein kleiner Junge stand in der Ecke und hielt sich den Bauch.
»Was fehlt dir denn?« fragte der Lehrer.
»Leibweh, Herr Lehrer.«
»Warum gehst du da nicht zum Örtchen?«
Der Kleine sah verständnislos den Lehrer an und fragte ganz erschüttert: »Was? Jetzt in der Pause?«

Christinchens Eltern kamen aus dem Ausland. Sie fuhren über die Grenze. Ein Zollbeamter prüfte die Koffer.
Christinchen stand aufgeregt daneben. Plötzlich rief sie aus:
»Achtung, Papa! Gleich findet er deine Zigarren!«

In der Prachtauslage der noblen Straße lag eine sprechende Puppe im Schaufenster.
Das arme Kind stand lange davor. »Was wird sie wohl sprechen, Vater?«
Der arme Vater seufzte: »Sie sagt, sie ist zu teuer.«

Willi wäscht sich nicht gern. Aber schon gar nicht gern.
Wenn Willi kann, drückt er sich darum.
Heute bekam Willi deswegen Hiebe.
»Woran hat Mutti denn gemerkt, daß du dich nicht gewaschen hast?«
Willi heult: »Ich habe heute vergessen, Seife und Handtuch naß zu machen!«

Rechenunterricht.
Der Lehrer sagte: »Ich gebe dir sechs Äpfel. Du sollst mit deinem Bruder teilen. Jeder soll genau die Hälfte

bekommen. Wieviel bekommt dann dein kleiner Bruder?«

»Zwei, Herr Lehrer.«

»Unsinn! Du kannst ja nicht rechnen.«

Der Junge lachte: »Ich schon. Aber mein kleiner Bruder noch nicht.«

Fritz knackt Nüsse. Eine ganze große Tüte voll. Zu seinem Unglück kam der kleine Bruder gelaufen. Er blieb abwartend stehen. Als es nichts nützte, rief er:

»Toni möchte auch eine Nuß haben!«

»Wie sagt man?« fragte der Sechsjährige streng.

»Bitte! Bitte!«

Fritz klaubt bedächtig eine winzige Nuß aus der großen Tüte.

Der kleine Bruder stand enttäuscht. »Nur eine, Fritzchen?«

Fritz nickte: »Eine genügt – es schmeckt eine wie die andere.«

Der Lehrer fragt: »Fünf Jungen stehen vor einem Apfelkarren. Zwei Jungen haben die Eltern verboten, rohes Obst zu essen. Wieviel Jungen essen dann Äpfel?«

Meint Max: »Fünf, Herr Lehrer.«